PIRATES
3. L'Emprise des cannibales

Catalogage avant publication de Bibliothèque et Archives nationales
du Québec et Bibliothèque et Archives Canada

Bouchard, Camille, 1955-

L'emprise des cannibales

Troisième tome de la série Pirates.
Suite de : La fureur de Juracán.
Pour les jeunes de 13 ans et plus.

ISBN 978-2-89647-161-4

I. Titre. II. Bouchard, Camille, 1955-   . Pirates.

PS8553.O756E46 2009   jC843'.54   C2009-940266-1
PS9553.O756E46 2009

Les Éditions Hurtubise bénéficient du soutien financier
des institutions suivantes pour leurs activités d'édition :

– Conseil des Arts du Canada ;
– Gouvernement du Canada par l'entremise du Programme d'aide
   au développement de l'industrie de l'édition (PADIÉ) ;
– Société de développement des entreprises culturelles du Québec
   (SODEC) ;
– Gouvernement du Québec par l'entremise du programme de
   crédit d'impôt pour l'édition de livres.

Éditrice jeunesse : Sonia Fontaine
Conception graphique : Kinos
Illustration de la couverture : Kinos
Mise en page : Martel en-tête

Copyright © 2009
Éditions Hurtubise ltée

ISBN 978-2-89647-161-4

Dépôt légal/1er trimestre 2009
Bibliothèque et Archives nationales du Québec
Bibliothèque et Archives du Canada

Diffusion-distribution au Canada :   Diffusion-distribution en Europe :
Distribution HMH   Librairie du Québec/DNM
1815, avenue De Lorimier,   30, rue Gay-Lussac
Montréal (Qc) H2K 3W6   75005 Paris FRANCE
Téléphone : (514) 523-1523   www.librairieduquebec.fr
Télécopieur : (514) 523-9969

Imprimé au Canada
www.hurtubisehmh.com

CAMILLE BOUCHARD

PIRATES
3. L'Emprise des cannibales

Hurtubise

CAMILLE BOUCHARD

Camille Bouchard, auteur prolifique, écrit depuis trente ans. À titre de journaliste d'abord puis à titre d'auteur depuis 1986. Plusieurs de ses romans ont été couronnés par des prix prestigieux tels les prix littéraires du Gouverneur général du Canada et le *White Ravens International List*. Son public principal est celui des adolescents, mais il écrit avec un égal plaisir pour les adultes et pour les enfants. Grand voyageur, il a exploré plusieurs pays d'Afrique, d'Asie et de l'Amérique du Sud. Enrichi de tous ses voyages et particulièrement passionné par la découverte de l'Amérique, il a écrit la présente série en s'inspirant des conflits qui opposèrent conquérants et autochtones au cours du XVIe siècle et des déboires des premiers Européens venus dans le Nouveau Monde.

L'Emprise des cannibales est le troisième tome de la série «Pirates». Les aventures ont débuté avec *L'Île de la Licorne* et se poursuivront dans *Les Armes du vice-roi*.

Vous pouvez visiter le site Internet de cet auteur ou lui écrire:

www.camillebouchard.com
camillebouchard2000@yahoo.ca

À monsieur Jean-Étienne Urge,
qui fut le meilleur des enseignants.

« Dieu tolère l'intolérable ;
il est irresponsable et inconséquent.
Dieu n'est pas un gentilhomme. »

ARTURO PÉREZ-REVERTE
Le Maître d'escrime

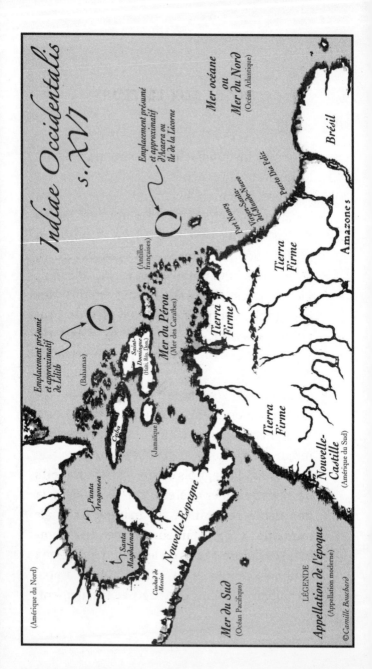

Indiae Occidentalis s. XVI

(Amérique du Nord)

Emplacement présumé et approximatif de Lilith

Emplacement présumé et approximatif d'Acaera ou île de la Licorne

Mer océane ou Mer du Nord
(Océan Atlantique)

(Bahamas)

Cuba

Saint-Domingue
(Haïti, Rép. Dom.)

Mer du Pérou
(Mer des Caraïbes)

(Antilles françaises)

(Jamaïque)

Punta Aragonosa

Santa Magdalena

Ciudad de Mexico

Nouvelle-Espagne

Tierra Firme

Tierra Firme

Port Natay
Virgen-Santa-del-Mundo-Nuevo

Puerto Dia Feliz

Tierra Firme

Amazones

Brésil

Nouvelle-Castille
(Amérique du Sud)

Tierra Firme

Mer du Sud
(Océan Pacifique)

LÉGENDE

Appellation de l'époque
(Appellation moderne)

©Camille Bouchard

NOTES AUX LECTEURS

Pour insoutenables qu'elles paraissent, la majorité des scènes de violence décrites dans ce roman relèvent non pas de mon imagination, mais de témoignages issus de documents de l'époque. Le dominicain Bartolomeo de Las Casas, entre autres, témoin des innombrables sévices dont furent victimes les Amérindiens aux mains des Espagnols, cite plusieurs exemples de brutalité dans son texte datant du début du XVIᵉ siècle, *Très brève relation de la destruction des Indes*. La cruauté des pirates s'inspire quant à elle — en majeure partie — de rapports d'observateurs du XVIIᵉ siècle.

Nous connaissons très peu de choses des mœurs et coutumes des Kalinagos, peuplade hostile aux Espagnols et que les explorateurs de l'époque méprisèrent, car ils avaient la détestable réputation de manger la chair humaine. C'est d'ailleurs l'une des nombreuses déformations de leur nom qui donna le terme «cannibale» : Cariba, Caliba, Caniba, Cannibale, Calina, Calinago et, finalement, la graphie Kalinago.

Par respect, je n'ai rien inventé de leur véritable mode de vie, modelant mon histoire en fonction des détails que nous en relatent les rares documents du temps, notamment :

Décades du Nouveau Monde de Pierre Martyr d'Anghiera (1526) ;

Les Singularitez de la France antarctique du chanoine André Thevet (1557) ;

Histoire d'un Voyage Faict en la Terre du Brésil de Jean de Léry (1580) ;

Dictionnaire caribe-français du révérend père Raymond Breton (1615) ;

Manuscrit de l'inconnu de Carpentras (1618-1620) ;

Voyages aux Isles du Père Jean-Baptiste Labat (1725).

Puisque le récit est parsemé de nombreux termes maritimes, d'expressions venues du vieux français — et qui ne sont plus en usage de nos jours — ou de mots dérivés des dialectes indigènes de l'époque, l'éditeur et moi avons jugé bon d'insérer un glossaire à la fin de l'ouvrage et d'y renvoyer le lecteur au moyen d'un astérisque. Pour limiter le nombre de ces renvois, la plupart des mots qui apparaissent déjà dans le glossaire des tomes précédents ne sont pas repris dans le glossaire du présent tome.

PROLOGUE

*Début du XVIIᵉ siècle,
quelque part en Bretagne*

D'un geste précautionneux, Lionel déplace
l'encrier en étain. Une goutte roule sur le
rebord et vient tacher son doigt médical. Le
vieil homme retient un juron, non point pour
cette salissure sur sa peau, mais à cause de
cette larme noire qui lui semble précieuse
ainsi que l'or. De la main gauche, il lisse sa
barbe striée de filaments argentés, tandis
qu'il secoue sa dextre pour faire retomber la
goutte dans le contenant.

Encre. Sang noir. Rivière de sciences,
charroi de connaissances. Magie qui transmet
la pensée. Prodige du mot muet qui se
transmet, non point de bouche à oreille, mais
de main à regard.

Lionel l'a fabriquée lui-même, avec du
bois d'épine écorcé qu'il a laissé tremper huit
jours dans l'eau. Comme à l'époque, comme
il y a un demi-siècle, quand il bourlinguait

sur les eaux du Pérou et qu'il apprenait à écrire. Masqué par la densité de sa barbe, un rictus triste lui tient lieu de sourire tandis qu'il se ressouvient de l'adolescent qu'il était alors : arrogant, certes, voire méprisant, curieux surtout, désireux de se faire accepter par cette gent adulte avec qui il évoluait. Dans un chaudron dont Robert, le coq — c'est-à-dire le cuisinier de bord —, se servait en général pour cuire des aliments, il chauffait la mixture en rajoutant de temps en temps des bouts d'écorce. Quand la solution se mettait à épaissir, il l'enrichissait d'un tiers de vin qu'il puisait à même les réserves de Poing-de-Fer. Voilà qui ne manquait point de faire jurer le pirate :

— Par le diable ! Qu'as-tu à gaspiller c'te boire de qualité pour tes fadasseries de mignon !

— Gros talvassier !

Lorsqu'une peau s'était formée à la surface du liquide, Lionel transvidait la mixture dans deux jattes de bonne contenance pour permettre à l'encre de perdre sa lie rouge en séchant au soleil. Sur le château de poupe d'un navire qui cuisait sous les tropiques, cela ne durait guère longtemps, mais c'était là — et c'est toujours — suffisamment de travail et de temps pour justifier que la moindre goutte perdue tire un juron.

Lionel se remémore le pirate qu'on nommait «le Jésuite» et qui l'instruisait de la marche à suivre.

— Elle est un peu claire, affirma celui-ci un jour. Apprends la patience, apprends à attendre. Elle doit sécher davantage. Tu en obtiendras moins, certes, mais elle saura durer longtemps. Longtemps après toi. Même lorsque tu ne seras plus que de la poussière soufflée par les siècles.

C'est également le Jésuite qui lui apprenait à lire, à écrire, à tailler sa plume…

— Point cette penne de paille-en-queue, c'est être dans la mouscaille. Utilise plutôt de la plumée d'oie… comme celle-ci. Vois comme il est facile de la fendre sur sa longueur… Là, point trop… Cette partie servira de réservoir, tu vois? Et maintenant, tu tailles la pointe en biseau avec une fente en son centre pour que l'encre s'écoule uniformément sans produire de pâtés…

Concentré sur chaque geste qu'il posait, ses doigts un peu gourds, déjà cornés en dépit de son jeune âge par les travaux à effectuer à bord des navires — manœuvrer les drisses, grimper dans les haubans, épisser, ravauder, étouper… —, Lionel s'appliquait à suivre les directives du Jésuite, un bout de langue coincé entre ses lèvres serrées.

De manière un tantet malhabile au départ, mais rapidement affermie, sa main apprenait à glisser sur l'écorce pour s'exercer, puis sur le papier, chaque jour, régulièrement, quand il n'y avait point de rapine à faire ou de baugears à occire. Lionel apprenait à rondir ses «e», à allonger ses «f», à exécuter des revers avec la pointe sans produire de bavochures. Il apprenait vite, il consacrait de plus en plus de temps à écrire.

Il aimait ça.

Tournant de la demie du XVIᵉ siècle,
à bord du galion pirate Ouragan,
quelque part dans les eaux du Pérou

Je m'appelle Lionel Sanbourg. J'ai quinze ans. Pour m'habituer à l'art de l'écriture, je vais coucher sur ce vélin les événements qui ponctuent nos vies. Nos vies de pirates. Au cours de mon récit, les faits pour lesquels je n'étais point présent vous sont narrés selon la relation qu'on m'en a par la suite rapportée.

Je suis originaire de Saint-Gaudens, en Gascogne. Mes parents, il y a plus de trois ans passés, ont fui les guerres de religion. Nous étions huguenots, ce qui nous a rapidement confrontés à nos concitoyens restés fidèles à l'autorité du pape. On nous appelait « chiens de parpaillots », « racaille calviniste », termes fort insultants auxquels nous opposions les « papistes » et « papalins ». Nous avons rejoint la Bretagne où ma famille s'est efforcée de garder profil bas. Là, à Honfleur, puisque j'étais en âge de travailler, j'ai trouvé à m'embarquer pour le Nouveau Monde dans des circonstances que je raconterai peut-être un jour. Pendant deux ans, j'ai servi loyalement le corsaire — ou plutôt le pirate — Tourtelette, jusqu'à ce que nous soyons pris par les hommes du capitán *Luis Melitón de Navascués. J'ai échappé aux papistes espagnols pour me retrouver mousse parmi les hommes qui entourent le pirate le plus redouté des îles du Pérou : le capitaine Cape-Rouge*[1].

Nous sommes une quinzaine d'hommes. Nous avons échappé à la destruction de Lilith, l'île secrète de Cape-Rouge, anéantie en parts égales par la fureur du démon indien Juracán — ou si vous préférez, une tempête du nom d'ouragan — et par la haine que voue aux pirates le capitán *de Navascués.*

---

1. Voir le tome 2, *Pirates – La Fureur de Juracán*.

Au cours de cette expédition, les sbires à sa solde, tant les chasseurs de primes espagnols que les traîtres français, ont commencé à payer. D'abord, dès le moment de la tempête, des navires ont été envoyés par le fond, entraînant leur équipage dans une mort sans gloire au milieu des poissons. Ensuite, une bordée de nos canons tirée contre des caraques au mouillage a touché l'un des capitaines en pleine gueule. Enfin, un autre capitaine, le plus détesté de nous autres, le trop fameux Feulion, commandant du brigantin Géhennes, *est tombé par hasard entre nos mains. Nous avons pris tant plaisir à massacrer son équipage, à faire de lui un exemple pour semer terreur et respect dans tous les ports des Indes occidentales, que nous en rions encore, le soir, autour des feux.*

Ainsi donc, voici, de ma prose malhabile et de ma main pataude, le récit de notre communauté embarquée dans une entreprise de revanche à bord du galion nommé — à plus d'un titre juste — Ouragan. *Vous suivrez, retracés d'encre noire, les sillons rouges que balafre notre navire sur le visage de la mer. Notre but est de détruire la redoute appelée Virgen-Santa-del-Mundo-Nuevo que commande le* capitán *Luis Melitón de Navascués, et de recréer la puissance et la légende du capitaine Cape-Rouge.*

Une ambition supplémentaire nous anime également : de Navascués dirige une troupe disciplinée de soldats espagnols qui a découvert une cité d'or cachée au cœur de la forêt du Nouveau Monde. Ces richesses s'annoncent incommensurables.

Nous ambitionnons de les soustraire à la convoitise de ces aventuriers et de nous en emparer pour notre profit.

Le Jésuite se pencha par-dessus mon épaule pour apprécier mon travail. À mesure qu'il parcourait les lignes de ses yeux grands et ronds ainsi que ceux d'une sarigue*, il mettait plus d'insistance, sa hanche s'appuyant plus fort contre moi. À travers le tissu de sa bure*, je sentais les formes de son anatomie.

On disait de lui que, avant de se retrouver pirate, il courait les forêts du Nouveau Monde pour évangéliser les Indiens. L'évêque avait fini par trouver embarrassantes les nombreuses plaintes à propos de certains aspects de la prière que le religieux prodiguait sans qu'on les retrouvât dans les Saintes Écritures. De jeunes Indiens à peine pubères comptèrent parmi ses victimes.

L'histoire aurait pu en rester là s'il n'eût entrepris de convertir à ses principes de prières le fils d'un évêque et le neveu d'un cardinal. On le défroqua. Les rumeurs affirmèrent même qu'il était excommunié. Mais nous, pirates de Cape-Rouge, étant tous huguenots, les anathèmes du pape, nous nous en moquions un peu.

Un jésuite chez les calvinistes... C'était quand même drôle.

— On prétend que tu es un inverti. Que tu n'aimes point les filles, que tu préfères les garçons.

La bure continuait à se presser contre mon épaule. Je restai le coude appuyé contre la table, la pointe de ma plume levée à trois pouces du parchemin. Dans le reflet mat de mon encrier, je devinais plus que je détaillais son visage allongé. La forme bombée du contenant accentuait l'aspect camard de son nez très court qui pointait presque à la même hauteur que ses yeux. L'espace entre ses narines et sa lèvre supérieure paraissait encore plus long de même que son menton, déjà qu'il ne portait ni moustache ni barbe. Bien qu'il eût quitté les ordres, il entretenait toujours sa tonsure au sommet d'une coupe de cheveux dite à la césarine. Sa soutane de laine grossière permettait de leurrer l'ennemi quand il sautait sur un pont pour l'abordage.

Un adversaire attentif, toutefois, remarquait rapidement que, glissé dans la corde qui ceignait sa taille, au lieu du chapelet coutumier, on trouvait deux pétrinaux à la mèche allumée. Sur sa poitrine, pendue à une cordelette, en guise de crucifix, brillait la lame meurtrière d'une dague.

Sans tourner la tête, je gardai un ton neutre pour préciser :

— J'ai quinze ans, mais déjà, rien qu'à l'arbalète et au pétrinal, mon âme s'est entachée d'une dizaine de morts. Je suis le meilleur élève d'Urbain à l'escrime. Je n'hésite point à tuer quand les circonstances s'y prêtent, simplement pour soutenir mes compagnons ou pour m'emparer de richesses qui ne m'appartiennent point.

Je levai les yeux vers lui pour conclure :

— Imagine ce que je pourrais infliger à quelqu'un qui tenterait de m'abuser.

— Ne crois point qu'un gamin de quinze ans saurait m'impressionner, fût-il pirate et spadassin.

— Ne crois point que notre capitaine Cape-Rouge m'a enrôlé pour mes dons en lecture.

Le Jésuite éclata de rire.

— Tu me plais, garçon, lança-t-il. Je comprends pourquoi tu es tant apprécié des autres ; tu as de l'honneur et sais le défendre. Tu mérites le respect.

À partir de cette seconde, la bure se retira et se maintint à une distance que je jugeai acceptable.

1

Punta Aragonesa était un port sans importance coincé dans l'arrondi resserré d'une baie sur les berges méridionales d'une île volcanique. Sans mines d'or ni d'argent, sans terre arable digne de ce nom, sans forêt non plus, son principal atout était de se trouver en plein centre du golfe du Mexique, à mi-lieu entre Cuba et la *Tierra Firme*, le continent. Sa rade d'eau profonde, protégée par un cap de granit et une avancée rocheuse qui servaient de brise-lames naturel, et sa longue plage de sable farineux en faisaient un abri recherché pour radouber les coques ou trouver refuge pendant un grain.

Une tour nommée Casa de Piedras, « maison de pierres », avait été érigée vingt ans plus tôt par un aventurier — mort depuis — qui croyait y bâtir le premier château des Indes occidentales. Ses murs prétentieux s'élevaient contre le flanc pentu de la montagne de scories en jetant une ombre sinistre sur le port en contrebas. La tour, après dix ans d'abandon, avait troqué ses ambitions de château pour celles de prison où gredins et parias étaient jetés sans grand espoir de se rappeler au bon souvenir du vice-roi. Ils s'y trouvaient sous la garde d'une poignée de soldats désabusés qu'on y affectait pour les punir de quelque incartade au règlement.

Punta Aragonesa n'était qu'un lieu de passage où peu de familles avaient choisi de vivre. Quelques masures appartenant à des pêcheurs, regroupées autour d'une chapelle décrépite, tenaient lieu de village. Un marchand général vendait à prix fort cordages, étoupe, outils et bois de planche. On n'y côtoyait que des marins et des aventuriers qui y restaient le temps nécessaire à leurs affaires puis repartaient aussitôt. Une taverne, seul commerce vraiment rentable de l'île, accueillait cette clientèle disparate et forte en gueule, composée de ferrailleurs toujours prêts à en découdre. Les filles de la maison, qui servaient autour des tables lorsqu'elles n'exerçaient point leur talent dans les lits de l'étage au-dessus, riaient aussi fort que les hommes, sacraient autant qu'eux et se battaient parfois aussi durement.

Au milieu de la fumée dense des pipes remplies de pétun, feuilles séchées de *tabacu*, l'ambiance battait au rythme des rires gras, des engueulades, du bagout des plus jacteurs, des bancs et des tables qu'on déplaçait dans le va-et-vient des clients et des serveuses.

Habituellement.

Point ce soir-là.

À l'extérieur, des cris venaient d'éclater. Chacun se pétrifia dans la position qu'il affichait la seconde précédente, clients comme serveuses. Sauf le gros Ubaldo, propriétaire de la taverne. Ce dernier s'empressa de refermer le verrou intérieur de la porte pour s'assurer que ceux qui réclamaient pitié ne puissent entrer. Inutile de les faire pénétrer céans, se disait-il, leur sort étant connu d'avance. Permettre qu'ils trouvent refuge dans l'établissement ne ferait que retarder leur destin et risquer la vie des clients.

Tout le monde savait cela. Aussi, tout le monde approuva en silence l'initiative du gros Ubaldo. Et aucun ne dit mot ni ne bougea quand des coups répétés à la porte accompagnèrent une voix au paroxysme de la panique.

— ¡Abra! ¡Maldición! Ouvrez! Malédiction! Laissez-moi entrer! À l'aide!

À part les volutes de fumée de *tabacu* qui continuaient de tracer des mauresques au-dessus des têtes, on aurait dit qu'un froid arctique avait figé la scène autour des tables. Une deuxième voix se joignit à la première, poussant autant de cris, implorant d'autant de manières. On ne réagit point davantage. Une serveuse, un pichet de vin tenu trop mollement dans ses mains, sans remarquer sa maladresse, versa le contenu sur l'épaule d'un client. Ce dernier, glacé de peur, ne s'en rendit point compte.

— Pitié! Par la Vierge Marie! Aidez-nous! Ouvrez cette…

Une arquebusade interrompit de manière abrupte les supplications. Trois secondes s'écoulèrent, longues comme l'éternité, puis le raclement d'ongles contre le bois de la porte et des gémissements indiquèrent que la mitraille avait trouvé la chair. Le glouglou d'un client qui déglutit s'entendit comme un appel de désespérance supplémentaire. À travers la cloison, des murmures et des sanglots, non plus des cris, se percevaient au milieu de bruits de semelles qui martelaient la pierraille de la ruelle. Trois hommes, au moins, demandaient grâce.

— Pitié! Bons chrétiens, ayez pitié.

— Je meurs. Par la Vierge! Je perds tout mon sang.

On distingua sans peine le chuintement d'une lame qui transperçait coton et viscères, puis les lamentations s'éteignirent. Un seul geignement entrecoupé de sanglots parvint encore aux oreilles des clients du gros Ubaldo.

— Pi… tié…

En dépit de sa fragilité, on reconnaissait la voix. C'était celle d'un habitué du bouzin* : le capitaine Pérez Mateos. Son galion voguait aux côtés de la caravelle du *capitán* Luis Melitón de Navascués lors de l'invasion de Lilith, l'île secrète du pirate Cape-Rouge. Ce soir, il payait son erreur.

Un choc violent contre la porte fit sursauter le gros Ubaldo qui recula de trois pas. La serveuse au pichet ouvrit la main et le sol se couvrit d'un fatras de terre cuite. Une suite de cognements y succéda incontinent* et, pendant un instant, le tavernier se demanda si on ne cherchait point à enfoncer son huis. Les cris poussés par le capitaine Pérez Mateos et les pointes de métal qui traversaient le bois le détrompèrent et lui enjoignirent d'attendre. Les mines blanches de ses clients aspiraient à la même résignation.

Plusieurs coups supplémentaires furent baillés contre le bois avant que le bruit cessât enfin. On ouït par la suite des semelles sur la pierraille, des pas qui s'éloignaient. La voix de Pérez Mateos devint un filet clair dont les modulations oscillaient entre râles et vagissements.

Dans la taverne, on laissa de longues minutes s'écouler, à s'observer, à s'interroger des paupières, à exprimer la peur de formules muettes, jusqu'à ce que le gros Ubaldo, estimant le danger écarté, la menace enfuie, s'ébrouât enfin et osât toucher le verrou.

Il dégagea le pêne et laissa la porte glisser sur ses gonds tandis qu'elle s'ouvrait vers l'intérieur de l'établissement. Devant la vision qui s'offrit alors à lui, le tenancier sursauta si violemment qu'il perdit pied et tomba, son gros derrière heurtant le plancher. Les clients et les serveuses, sans tomber par terre, exprimèrent tout autant d'horreur.

Sur la porte de la taverne, en un rappel sinistre que le pirate Cape-Rouge ne consentait ni pardon ni pitié à ceux qui se liguaient contre lui, le capitaine Pérez Mateos achevait de mourir. Lardé de mitraille faite de morceaux de verre, ses plaies couvertes de fourmis rouges, yeux crevés, langue coupée, il était crucifié tête en bas, de longs clous lui traversant les mains, les bras, les jambes et les pieds.

— Rappelez-vous lorsque le *Géhennes*, le brigantin du pirate Feulion, est arrivé à Port Nancy, à la fin du mois d'août.

Le *capitán* Luis Melitón de Navascués ne répliqua point. Pas plus que le *teniente* Joaquín Rato, son second, qui se tenait à ses côtés, ni l'*alférez* Juan Patino ni le jeune page Felipe Mora. Tous feignaient d'ignorer le mercenaire qui les entretenait, le corps mi-penché dans une attitude suppliante, ce que les officiers considéraient comme la manière la plus méprisable d'argumenter. Il leur rappelait le mâtin à leurs pieds, un dogue prêt à tuer dès qu'on lui en laissait le loisir, mais qui rampait et quémandait sitôt qu'il espérait une friandise. L'animal, comme s'il avait senti occuper les pensées des hommes d'armes, leva le museau vers eux avant de grogner sans conviction en direction du mercenaire.

— Paix! ordonna l'*alférez*, sans trop d'insistance, en desserrant à peine les lèvres.

Le mâtin obéit d'emblée.

Les hommes faisaient partie d'une *bandera* dissoute qui, un temps, s'était trouvée intégrée à un *tercio* basé en Campanie. Toujours fidèles à leur *capitán*, ils se tenaient sur le quai en sa compagnie et observaient les charpentiers œuvrer sur une hourque en radoub. Le navire, bâti dans les Flandres, avec son fond plat, ses flancs renflés et son arrière arrondi, ne valait guère la caravelle qui avait péri dans la rade de Lilith. Plus lourdaud, moins facile à manœuvrer, moins rapide aussi à cause de cette mâture à pible gréée de deux niveaux de voiles seulement, le bâtiment agissait à titre de remplacement temporaire, le temps de trouver un galion de fort tonnage et bien armé pour transporter les richesses qui s'accumulaient dans les murs du préside.

L'appellation du navire était tracée de frais en grosses lettres blanches sur sa poupe : *Doña Isabella*, en l'honneur de la fille d'un ami du *capitán* dans l'Estrémadure, financeur de son expédition. Une fille très jeune que l'officier entendait bien épouser sitôt sa fortune faite, sa gloire confirmée, son nom reconnu et encensé par l'empereur Charles Quint, roi d'Aragon, de León et de Castille — l'Espagne —, souverain des Pays-Bas

bourguignons, roi des Deux-Siciles et archi-
duc d'Autriche, régnant sur le Saint Empire
germanique. Oui, le patronyme Melitón de
Navascués franchirait toutes les bouches
avec respect et admiration, car le plus grand
prince du monde l'aurait honoré. Sa conso-
nance serait, aux oreilles de l'empereur, une
musique plus douce encore que les Cortés et
Pizarro, conquérants des empires aztèque et
inca. Car Luis Melitón de Navascués rendrait
son souverain plus riche que jamais avec l'or,
l'argent, les perles et les pierreries dérobés à
la cité d'or.

Et *doña* Isabella serait fière de se pendre
au bras d'un *capitán* si honoré, si adulé.

Et si fortuné.

Fût-il plus vieux que son père.

— Rappelez-vous, insista Peralonso le
mercenaire, arrachant le *capitán* à ses rêves
de gloire et d'amour. À Port Nancy, des
heures avant qu'il n'aborde le quai, on a su
que le *Géhennes* arrivait tellement il puait la
mort. Les deux timoniers avaient les mains
clouées sur la barre de gouvernail pour qu'ils
ne puissent point jeter les cadavres des matelots à la mer. Des cadavres qui pourrissaient
sur le pont depuis des jours.

— Les problèmes de la racaille française ne nous concernent point, répliqua l'*alférez* Patino qui, calquant l'attitude arrogante de son supérieur, conservait son regard en direction de la hourque. Il tira brièvement sur la laisse du dogue qui s'était remis à grogner.

— D'ailleurs, Port Nancy est un comptoir qui ne devrait point être toléré dans les Indes occidentales, enchérit le *teniente* Rato, et j'aspire au jour où le vice-roi nous en débarrassera enfin.

Quoique le regard de Peralonso alternât entre les barques, phelibots*, pataches* et allèges amarrés au quai, il fixait une scène qui se déroulait dans sa tête, une scène à laquelle il n'avait point assisté, mais dont on lui avait conté les détails avec tant d'acuité qu'il avait l'impression d'en avoir été témoin. De sa voix éraillée ainsi que celle d'un ara*, les lèvres blanches, il graillait :

— Le capitaine Feulion… le capitaine avait été crucifié au grand mât de son propre navire et achevait d'être mangé par les oiseaux…

De Navascués haussa les épaules, agitant dans le mouvement la plume qui ornait son morion. Entre ses dents, il siffla :

— Un *corsario luterano* de moins.

— Le capitaine Feulion était papiste, Votre Grâce.

— Papiste peut-être, traître sûrement, français sans équivoque, rétorqua Joaquín Rato qui ne pouvait se rappeler la fuite du *Géhennes* sans ressentir l'affront autrement que comme une dague traversant sa gorge[1].

Peralonso dodelina de la tête et arqua le dos en se redressant. Imitant les officiers espagnols, il observa lui aussi les voiles à demi carguées de la hourque qui faseyaient dans la brise molle venue de terre. La peur se lisait autant sur son visage que dans le mouvement nerveux de ses mains qui roulaient l'une sur l'autre à la hauteur de sa ceinture. Haletant ainsi qu'une haquenée* au pas de course, il souffla :

— Ceux qui se sont opposés à Cape-Rouge ont commencé à payer. Le diable est avec ce pirate. Certains disent même que ce sont les démons indiens qui lui obéissent. Déjà, pendant l'attaque de l'île secrète, au large, le chébec *Fernandez* a coulé, puis ç'a été la caraque *Espinoza*. Rappelez-vous, Vos Excellences, dans la rade de Baie du Diable, en sus du galion du capitaine Pérez Mateos,

1. Voir le tome 2, *Pirates – La Fureur de Juracán*.

il y avait le chébec du capitaine Hernán. Ce dernier est mort noyé, emporté par une lame pendant l'ouragan. Il y avait aussi deux caraques. Une espagnole, une française. Le capitaine espagnol a été décapité par une salve de canons venue du navire de Cape-Rouge lorsque celui-ci a quitté la rade. Ensuite, ceux qui avaient échappé à la fureur de la tempête, les capitaines des chébecs *Catalina* et *Castillana*, ont été retrouvés égorgés en compagnie de leurs seconds dans divers ports des îles du Pérou. De tous ceux-là, il ne reste que le capitaine français, Simon-canon-court… il est comme moi : en sursis. Nous sommes les deux derniers.

Peralonso eut presque envie de ricaner quand il ajouta :

— À part vous.

Les officiers espagnols firent mine de n'avoir point ouï. Leur silence, leur désinvolture attisèrent alors la peur du mercenaire. Dans une expression encore plus catastrophée, il supplia :

— Je demande protection, Votre Grâce. C'est pour vous qu'on a pris tous ces risques et qu'on se retrouve maintenant sur la liste de revanche de Cape-Rouge.

De Navascués tourna la tête juste l'angle nécessaire pour planter un iris gris dans le regard de Peralonso.

— Ce n'est point pour nous, rétorqua-t-il de cette voix qui lui était particulière, rauque, pareille au feulement d'un fauve. C'est pour l'or que tu as reçu en guise de paiement.

— Je vous le rends jusqu'au dernier doublon, Excellence, mais cachez-moi et protégez-moi de la fureur de Cape-Rouge.

— À une condition.

— Laquelle ?

Le *capitán* et son second échangèrent un air entendu comme s'ils s'étaient concertés déjà, comme s'ils avaient prévu la demande de Peralonso et avaient convenu de la manière d'y répondre. La voix rauque annonça :

— Tu serviras d'appât. Nous userons de toi pour attirer Cape-Rouge et nous débarrasser de lui une fois pour toutes.

2

Simon-canon-court.

À cause de son nom, sans doute, je m'attendais à trouver un homme petit, lourdaud, grassouillet même, un peu à l'image de Robert, le coq. Mais non. Simon-canon-court ressemblait plutôt à Philibert, le jumeau de Robert, qui s'appariait à son frère ainsi qu'un perroquet à un ouistiti. Il était grand, plutôt malingre, et avait des bras filiformes et graciles, des mains de filles, effilées, point des paumes de marins, avec une tête de fouine et des yeux de rat.

Son surnom lui venait en fait de l'espingole — son fusil — qu'il traînait toujours sur lui et dont il avait coupé le canon pour s'en servir à la manière d'un pétrinal. Comparée à ce dernier, l'arme possédait une puissance de tir supérieure, tout en restant relativement maniable lors de combats rapprochés. Je présumai que, composée de gravier ou de verre coupé, une décharge à courte distance de ce type d'engin devait provoquer un ravage certain dans les rangs adverses.

Depuis qu'il savait se trouver sur la liste de Cape-Rouge, le pirate gardait son espingole chargée en permanence, ne tolérant plus auprès de lui que ses hommes les plus sûrs.

— Reste alerte, murmura Urbain à mon oreille. Point de gestes précipités. Vois la mèche allumée qu'il tient enroulée à son poignet.

Je notai le point rouge qui risquait de mettre le feu au pulvérin par lourderie, car de cette même main, Simon-canon-court maniait son espingole par la crosse, l'étoupille à deux doigts du bassinet.

Port Nancy était un comptoir tenu par quelques marchands français qui pariaient sur la tolérance des Espagnols du Nouveau Monde. Urbain et moi, accroupis à même le sol en face de la chapelle, feignions de jouer au trente et un avec une série de dés en os. En réalité, nous surveillions la devanture d'une taverne pompeusement nommée *Nuits parisiennes*. Nous ne la connaissions que trop bien. Ce fut dans ce bouzin que nous rencontrâmes Feulion, la première fois, et que ce traître nous fit prisonniers. À cette époque, l'établissement grouillait de toute cette racaille qui lui servait d'équipage.

Pas ce soir. Si la place semblait tout autant animée que du temps de Feulion, ce n'était point tant qu'elle regorgeait de clients que parce que s'y rassemblaient, face à la devanture, les marins qui arrivaient du quai en courant et ceux qui, errant dans les rues, se mêlaient à eux.

L'animation rendait Simon-canon-court nerveux, car il peinait à endiguer le flot d'hommes et de ribaudes qui se pressaient dans son entourage immédiat. Un vieux marin, la barbe grasse d'huile de poisson, remonta la rue en reculant, les yeux fixés sur la fumée dense qui montait en volutes noires de l'autre côté des palétuviers.

— C'est le navire maudit, affirma-t-il à qui pouvait l'ouïr.

— Le *Géhennes*? s'étonna l'un. Tu es sûr?

— J'arrive du quai. Il se consume de la cale aux huniers; encore une heure et il n'en restera rien.

Simon-canon-court échangea un regard nerveux avec les quatre sbires qui l'entouraient.

— Comment est-ce possible? demanda un mousse à peine moins âgé que moi.

Le brigantin est en rade à cent toises du quai. Depuis qu'on l'a débarrassé de ses cadavres, plus personne n'ose s'approcher de sa carcasse damnée.

— C'est le diable, affirma le marin. Le diable brûle le navire pour l'entraîner en enfer avec lui.

— C'est Cape-Rouge, plutôt.

— Voilà bien ce que je disais.

Ils étaient une quinzaine, puis une trentaine, puis une soixantaine à s'échanger l'information, à spéculer, à attiser leur imagination, circulant autour de nous, nous prenant à témoin ou nous ignorant, n'ayant point encore saisi que nous étions de ces hommes qui appartenaient à Cape-Rouge, le pirate redouté. Dans les violets du couchant, l'incendie brossait contre ses propres nuées sombres des reflets discontinus de lumière jaune et rouge.

— Il vient parachever sa revanche, lança une femme à la robe lâche.

Simon-canon-court, sans gestes précipités, coinça la crosse de son espingole entre le bras et le flanc, pointa le canon devant lui, souffla sur l'embout de la mèche pour l'attiser et, escorté par ses hommes qui, sabres au clair, formaient un carré protecteur autour de sa personne, entreprit de s'éloigner de l'attroupement en reculant vers les ruelles qui menaient hors de l'agglomération. Urbain balança les dés une dernière fois et, sans même s'intéresser au résultat, le regard obliqué vers le carré d'hommes, me bailla une tape sur l'épaule.

— Surveille le secteur. Note tout rassemblement improbable, mais toujours possible, de quelques drôles qui se targueraient de leur porter secours. Le cas échéant, tu nous alertes avec le cri convenu puis tu files au youyou.

Je restai muet à observer son profil camard, sa masse dense de cheveux qu'il tenait ras désormais, contrairement à l'habitude qu'il perpétuait de les garder longs et pouilleux afin d'y dissimuler une arme. Cape-Rouge l'avait obligé à se laver régulièrement, selon les règles de notre équipage, une règle apprise à fréquenter les Indiens et leurs mœurs différentes. Moi-même, je n'avais onques* pris un bain de ma vie avant d'appartenir aux gens de Cape-Rouge. De sa barbe qui, auparavant, tombait en une masse crasseuse sur sa poitrine, Urbain conservait maintenant une toison juste assez longue pour masquer les alvéoles disgracieuses de sa peau vérolée.

— Tu as compris? demanda-t-il au moment où il se redressait pour aller rejoindre Poing-de-Fer et Grenouille que je voyais s'engager dans le passage où venaient de disparaître Simon-canon-court et ses hommes.

— Oui, ça va. Mais j'aimerais être certain qu'on ne m'a point relégué au rôle de vigile uniquement parce que je suis le plus jeune.

Il me sembla que la bouche d'Urbain esquissait un sourire moqueur quand il se détourna pour emboîter le pas à nos compagnons.

— Bien sûr que non. Quelle idée!

En dépit des ordres, je me lassai rapidement de surveiller une rue où les gens, plutôt que de s'intéresser à la venelle dans laquelle mes compagnons étaient à la chasse au mercenaire, se passionnaient pour l'incendie dans la direction opposée. De toute évidence, personne ne se souciait d'autre chose que de spéculer sur le potentiel responsable. Je pris donc la décision de quitter mon poste et de me rapprocher de l'action.

Lors de l'abordage du *Géhennes*, j'avais hérité du pétrinal de l'un des matelots que nous avions massacrés. Il s'agissait d'une arme d'assez bonne facture qui n'avait point été utilisée souvent, dénotant que le pirate lui-même l'avait sans doute acquise depuis peu. Le capitaine Cape-Rouge, de fort bonne humeur à ce moment-là en dépit de la perte récente de Lilith, de Lucas, son protégé, et de son trésor, m'avait autorisé, quoique l'arme relevât de son butin personnel, à la conserver en signe d'appréciation de mes qualités et pour mon courage.

Je ne m'habituais point encore à son poids étonnant lorsque je la tenais comme cela, bien serrée au creux de ma main. Le bois de la crosse était décoré de quelques mauresques qui remontaient sur la poignée et allaient se perdre dans le sillon du fût supportant la culasse. Tandis que je courais vers la venelle, je me plus à loucher vers le bas pour admirer le métal poli du canon évasé qui m'ouvrait la route, mon indice — le premier doigt — sur la détente, la mèche brasillant sur le chien, la crosse appuyée contre mon sternum.

Ma distraction fut près de me causer beaucoup de tort quand je me butai presque à l'un des quatre hommes de Simon-canon-court qui apparut soudain, haletant, de derrière la projecture d'une étable.

Dans un réflexe qui manqua aussi de me nuire lourdement, j'appuyai de toute la force de mon indice sur la détente, actionnant le mécanisme de si belle manière qu'il écrasa la mèche dans le pulvérin, frôlant de l'éteindre. L'homme, me découvrant si menaçant devant lui, déjà qu'il tentait d'échapper à mes compagnons, réagit de manière prompte en brandissant son sabre et en l'abattant dans ma direction. La lame était presque sur moi quand la poudre, enfin, se décida à prendre feu. La détonation cracha une fumée noire et chaude qui m'aveugla en remplissant mes narines d'une âcreté telle que j'avais l'impression d'aspirer du poivre. Le choc du recul contre ma poitrine me tira un gémissement de douleur et je fus projeté deux semelles en arrière. Voilà sans doute ce qui me sauva de la trajectoire du sabre, car, bien que ma charge de mitraille atteignît l'homme en plein visage, son bras poursuivit le mouvement amorcé et la lame, au lieu de me fendre le crâne, se contenta de m'ouvrir le sourcil senestre, m'épargnant l'œil par miracle.

Je m'abattis sans ménagement sur le séant, aveuglé de fumée, de sang et de poussière, suffoqué à demi, une douleur cuisante au sourcil et le sternum savaté. À travers le sifflement que me renvoyaient mes tympans choqués par la détonation, j'ouïs

les pas de trois ou quatre hommes qui accou-
raient. Amis ou ennemis ? Je mis de nombreuses secondes avant d'éponger le sang et
les larmes devant mes yeux, et je reconnus
d'abord les doigts palmés de Grenouille
avant de le distinguer penché au-dessus de
moi.

— Alors, moussaillon. Ça va ? Tu n'as
rien ?

Je louchai vers l'un des grands anneaux
bon marché qui pendaient de ses oreilles en
se balançant juste devant mon nez. Grenouille,
le visage aussi glabre qu'un bébé, n'affichait
pour toute chevelure qu'un diadème clairsemé de poils blonds sur la nuque et les
tempes, et une houppe hirsute sur le front.

— Dis donc, tu ne l'as point raté, le
corniaud, s'amusa-t-il. Il a écopé pour sa
peine.

— Ton œil ! s'inquiéta Vernois qui me
tendait une main pour m'aider à me relever.
Il… tu…

— Non, ne t'en fais point, rétorquai-je
enfin, émergeant d'une espèce de torpeur.
C'est seulement le sourcil qui saigne comme
ça.

Il m'observa encore deux secondes, la
mine inquiète, une mèche blonde en torsade

sur son front, ses longs cheveux frisottés ramenés derrière ses pavillons d'oreilles. Notre charpentier ressemblait davantage à un galant qu'à un pirate avec sa tête bien mise, sa barbe taillée en pointe, ses moustaches enduites de cire de marsouin pour tendre chacune de son côté en une droite impeccable.

J'acceptai le mouchoir qu'il me tendait pour panser mon sourcil quand Urbain apparut à son tour.

— Vous l'avez attrapé? s'informa-t-il, son regard fixé sur moi, l'air d'avoir plutôt envie de demander ce que je faisais là au lieu d'être à mon poste de surveillance.

— Le moussaillon l'a proprement fauché, répondit Grenouille. Il a une écoutille à la place du visage, le baugear.

— Sans Lionel, ajouta Vernois, il aurait fallu courir ce capon dans la foule, là-bas.

— M'ouais, rétorqua Urbain, sans conviction. Tu parles sans doute de la foule qui regarde maintenant dans notre direction en se demandant qui vient de tirer un coup de feu?

Moins fâché qu'il ne tentait de le paraître, il eut un mouvement du menton pour désigner ma blessure. D'une voix bourrue, il demanda:

— Et ton œil?

— Ça va. C'est juste une coupure au sourcil.

Du pouce, il indiqua la venelle derrière lui.

— Quand Joseph aura terminé de recoudre Simon-canon-court, il t'arrangera ça.

— Recoudre?

Il tourna la tête à demi, un méchant sourire sur les lèvres. Je m'approchai pour voir ce que son corps et l'angle de la venelle me cachaient, et je remarquai seulement à cet instant que sa main droite était poissée de sang jusqu'à l'avant-bras. Un coutelas dans son poing dégoulinait encore.

Sur le sol de terre battue, j'aperçus d'abord les trois camarades de celui que j'avais occis. Face contre terre ou étendus sur le dos ainsi que le Christ en croix, ils avaient la gorge ouverte. Des mouvements subtils se devinaient entre les rigoles carminées qui les séparaient; la terre semblait frémir. En fait, des milliers de fourmis, en proie à une violente agitation, se frayaient un chemin, se bousculant les unes les autres à la recherche de quelque échappatoire au déluge de sang.

Puis, à quelques pas de distance seulement, pendu par les pieds à la charpente d'un bâtiment en construction, les bras ballant vers le sol et tailladés de tellement de coups de lame que plus un muscle ne devait obéir, Simon-canon-court tressaillait tant de peur que de douleur, son long corps efflanqué secoué de spasmes. Je ne m'étonnai qu'une seconde de ne point l'ouïr hurler, le temps d'associer sa bouche grande ouverte à l'amas de chair rouge dans la poussière, juste en dessous. Il n'avait plus ni langue ni luette.

Près de lui, le nez quasiment sur ses mains à cause de la faible lumière, Joseph, outillé d'une aiguille et de fil à ravauder les voiles, recousait le ventre du mercenaire.

— Que lui avez-vous fait? demandai-je à Urbain.

Il ricassa puis répondit:

— On a fait une ouverture dans son ventre, point trop grande, point trop profonde, on ne voulait point lui défoncer les tripes, puis on y a inséré une colonie complète de fourmis rouges. Joseph referme tout ça pour permettre aux bestioles de bien parcourir l'intérieur de son ventre à la recherche d'une sortie. Ça devrait diffuser un message assez fort auprès des autres cochers de fiacre qui envisageraient un jour de se liguer contre nous.

Tout en essuyant le sang de sa lame contre les vêtements de l'un des cadavres au sol, il précisa :

— Surtout si, toujours vivant, les fourmis lui sortent par la bouche et le fondement.

3

Les Espagnols diffusèrent amplement la nouvelle par les voies habituelles, c'est-à-dire par la rumeur et les fausses confidences, laissant entendre à qui savait écouter que le capitaine Ernesto Peralonso, à la fin du mois courant, se trouverait à Santa Magdalena, une mission dominicaine où son frère officiait en tant que curé. La raison de sa présence en cette agglomération n'était point très claire, mais on supposait qu'il venait s'y confesser auprès de son consanguin puisque son nom figurait très haut sur la liste de revanche de Cape-Rouge. Ce que la rumeur ne mentionnait point était qu'un détachement, à la solde du *capitán* Luis Melitón de Navascués, vivait dans les murs de la délégation, prêt à intervenir sitôt que Cape-Rouge pénétrerait à l'intérieur.

Le choix de Santa Magdalena s'avérait audacieux de la part de l'officier espagnol puisque la mission catholique se trouvait sur une île mouillant à moins de vingt lieues

PIRATES

des côtes du Mexique, là où siégeait l'autorité
de la Nouvelle-Espagne*. Or, de Navascués
se gardait le plus possible du vice-roi pour
n'avoir point à partager avec lui les honneurs
des découvertes qu'il faisait sur la *Tierra
Firme*.

Tout le monde connaissait l'aversion de
de Navascués pour la vice-royauté. Personne
n'aurait pensé croiser le *capitán* sur Santa
Magdalena. Même Cape-Rouge.

Le piège était parfait.

Lorsque, au sommet du grand perroquet
de l'*Ouragan*, notre pavillon écarlate, fouetté
par le Zéphyr*, fut repéré au large de Santa
Magdalena, il y avait plusieurs jours que des
Amériquains à la solde des Espagnols signa-
laient notre position. Un détachement de
soldats supplémentaire, commandé par de
Navascués lui-même, avait abordé l'île par
l'arrière et se tenait prêt à soutenir le détachement à l'intérieur de la mission.

Or, notre capitaine, debout sur le château
de poupe, une main sur la lisse de pavois,
l'autre appuyée contre la crosse d'un pétrinal
glissé dans sa ceinture, ne donnait point
l'ordre de mettre en panne. Il se contentait
de garder le galion sous le vent, voiles carguées, prêt à les déployer pour disparaître

à l'horizon. Sa mante rouge, qui distillait la peur à tout bâtiment espagnol ou portugais croisant nos routes, claquait sous la latine d'artimon ainsi qu'un pavillon supplémentaire, morguant nos ennemis, signalant à quiconque tomberait sous notre convoitise de n'espérer ni répit ni grâce, point de Dieu ni du diable.

Les yeux plissés à cause de cette mauvaise vue qui le desservait de plus en plus, le capitaine Cape-Rouge, ses traits durcis par la haine qu'il vouait aux Espagnols — et par cette peau tannée de sel et de soleil —, tentait de repérer au loin les mouvements hostiles qu'il anticipait. Bien qu'il ne distinguât ni silhouettes menaçantes sur les contreforts de la mission ni ombres suspectes dans les fourrés des berges, les envols réguliers de perroquets indiquaient la progression d'une colonne en marche à l'intérieur de l'île.

Personne, à moins de se trouver aussi près que moi de notre capitaine, n'aurait remarqué le rictus amusé qui traça une ligne très fine sous les poils de sa barbe argentée.

— Traînegaines sans cervelle! laissa-t-il échapper entre ses lèvres à peine entrouvertes.

Pendant que le gros des forces de de Navascués se concentrait sur Santa Magdalena, à soixante-cinq lieues de là, à Punta Aragonesa, soit à moins de deux jours de navigation par un bon vent du ponant, N'A-Qu'Un-Œil se trouvait à la tête des plus costauds parmi nous : Urael, Main-de-Graisse, Urbain et Poing-de-Fer. Leur mission : recruter des marins d'expérience pour rebâtir notre équipage et naviguer avec nous sur l'*Ouragan*. Le maraudage ne se faisait point en frappant aux huis des maisons du village ; nos hommes tiraient plutôt profit du fait que les gardes de la Casa de Piedras avaient été réquisitionnés — en réalité, achetés par l'or du *capitan* — pour participer au piège de la mission dominicaine. Sur place, il ne restait qu'un vieux geôlier et un dogue éborgné, et onques mission ne fut plus facile à accomplir que celle d'ouvrir toutes grandes les portes des cellules. Les prisonniers qui n'affichèrent qu'un enthousiasme tiède à la proposition de nous suivre dans nos rapines eurent le choix d'aller se faire pendre où bon leur semblait. Quatre parmi eux périrent de l'épée lorsque nous les reconnûmes comme ayant fait partie des équipages des navires renégats qui avaient participé au siège de Lilith. En exécutant la sentence sans autre forme de procès, nous ne faisions qu'ajouter à la réputation d'impitoyabilité de Cape-Rouge.

C'est ainsi que nous recueillîmes parmi nous deux douzaines de brigands forts en gueule, Basques, Galiciens, Catalans et Navarrais confondus, trop heureux d'échapper aux mauvais traitements de la Casa de Piedras, et prêts à abjurer un roi aragonais pour prêter serment de fidélité à un pirate français. Mort-Diable! Notre patrie n'était-elle point d'abord et avant tout la mer? Il va sans dire que la nouvelle allégeance de nos recrues était aussi en bonne partie motivée par la perspective de mettre la main sur une part des richesses qui transitaient des Indes en direction des coffres de Charles Quint.

Parmi ces nouvelles recrues, nous accueillîmes Santiago. Le colossal, le rieur, le brave Santiago qui, au fil des mois, s'improviserait mon gardien, mon ami. N'ayant onques su en quelle année sa mère l'avait mis au monde, il évaluait avoir une dizaine d'années de plus que moi, soit environ vingt-cinq ans, à cette époque. Sa pupille dextre louchait sans arrêt vers la racine de son nez tandis que la senestre se fixait sur vous avec la douceur d'une mère ou la furie d'un diable — tout dépendait si vous partagiez avec lui un moment de sérénité ou si vous combattiez contre lui pendant une bataille. Je n'ai jamais su si son problème de loucherie venait de sa naissance ou de la longue balafre qui, de son front à son maxillaire inférieur, redessinait le côté droit de son faciès en creusant sourcil, paupière et joue. Sa bouche trop grande, édentée en quasi-totalité et saillante en mâchoires fortes, s'accrochait à ses oreilles épaisses comme des tranches de lard découpées dans la poêlée les soirs de carrousse, et à cette patate qui lui servait de mufle. Il y avait des années de cela, tandis qu'il était à peine pubère, il avait trucidé son père, épilogue à une enfance de maltraitance. Son jeune âge et sa tête de demeuré lui avaient fait éviter les galères, mais lui avaient valu l'asile de fous à Séville. Au bout d'une dizaine d'années, après une échauffourée digne des plus grands abordages, il était parvenu à échapper à ses gardiens ; il s'enrôla dans un équipage en partance pour le Nouveau Monde. Cependant, sa réputation l'avait rattrapé et le vice-roi de Nouvelle-Espagne, peu magnanime, l'avait fait jeter sans procès entre les murs de la Casa de Piedras.

Ainsi donc, en ce jour où le *capitán* Luis Melitón de Navascués tendait un piège vain à Santa Magdalena, où le capitaine Cape-Rouge lui infligeait une défaite humiliante en disparaissant à l'horizon, nous enrôlâmes Santiago.

Ce fut en ce jour, également, que nous recrutâmes le Jésuite.

Un plat en céramique de Valence éclata contre le mur de pierre qui joignait la salle commune des officiers aux appartements du *capitán* Luis Melitón de Navascués. Les débris s'éparpillèrent sur le plancher de bois en minuscules fragments coupants qui se logèrent sous le lit, la chaise, la table de travail, la commode, et aussi partout où on risquait de marcher. Puisque l'officier ne quittait ses bottes qu'au moment de se mettre au lit, le détail lui parut insignifiant. Il n'eut même point de pensée pour les esclaves amériquains qui se déplaceraient pieds nus autour de lui dès qu'ils reviendraient des corvées de lessive avec le page, Felipe Mora.

Le miroir lui renvoya un visage démentiel, aux yeux exorbités, à la bouche tordue, aux dents soudées les unes sur les autres par la colère. Ses iris, dont la couleur rappelait le métal de sa rapière, répandaient le même éclat meurtrier, s'appariant au plastron de son armure, au poli de son morion, à la teinte des poils de son bouc frémissant de rage. Un autre plat se fracassa contre la cloison avant que le *capitán* se calmât enfin, essoufflé, les deux poings appuyés contre la table, le visage tourné vers le gros crucifix de bois accroché au mur.

— Que faisiez-Vous? gronda-t-il à mi-voix, les dents toujours serrées, les lèvres crispées par l'effort de ne point manquer de respect au Fils de son Dieu. Que faisiez-Vous, Seigneur, pendant que je m'évertuais à combattre les ennemis de la Vraie Foi, *Vos* ennemis? Pourquoi avez-Vous permis qu'ils me filent aussi facilement entre les doigts, ces *luteranos*, ces parpaillots, ces apôtres de Calvin? Le diable est-il à ce point puissant que Vous n'avez pu intervenir?

Il se signa rapidement, ébranlé par son propre blasphème.

— Pardonnez-moi, Seigneur, se reprit-il, les mâchoires enfin relâchées. Sans doute aviez-Vous Vos raisons. Peut-être jugiez-Vous nécessaire d'attiser davantage en moi la haine des pirates français afin de mieux entretenir mes ambitions à les combattre.

Par la fenêtre minuscule qui donnait sur l'entrée principale de Virgen-Santa-del-Mundo-Nuevo, il contempla le sentier qui crevait la frondaison et menait, des lieues plus loin, dans les profondeurs de la forêt, là où une cité antique et abandonnée prodiguait ses richesses en or, en argent, en perles et en pierreries. Toutes les promesses de son destin inusité lui revinrent en mémoire.

— Fortune et gloire. Oui, Seigneur. Pardon. J'avais oublié. Vous offrez l'indispensable à mon hyménée avec l'amour de ma vie, Vous m'offrez cette âme pure et blanche.

Au souvenir de *doña* Isabella, de ce frais visage de quinze ans, de Navascués sentit son cœur envahi d'une tendresse qui ne lui était point coutumière, et sa colère en fut apaisée. Son exaspération ne s'entretint qu'à la pensée du vice-roi à Mexico qui, lorsqu'il apprendrait la fuite des prisonniers de la Casa de Piedras et les raisons qui l'avaient rendue aussi facile, ne manquerait point de lui demander des comptes. Le représentant du roi risquait même de lui intimer l'ordre de se placer directement sous son autorité, condition que de Navascués avait réussi à éviter jusqu'à présent.

Estimant que, dans l'instant, la seule conduite à suivre était la prière, il ôta son morion, libérant ainsi ses longs cheveux gris que, dans un mouvement du torse, il renvoya derrière ses épaules, et s'agenouilla sous le crucifix, les jambières de son armure écrasant dans un crissement pénible les débris de céramique. Il se recueillit un moment, le morion dans les mains, jusqu'à ce que le *teniente* Joaquín Rato, ayant soulevé le rideau des pièces attenantes, s'annonçât d'une toux discrète.

Depuis l'attaque de Lilith, l'île secrète du capitaine Cape-Rouge, le *teniente* n'estimait plus son supérieur avec la même considération qu'auparavant. Non point que l'affrontement lui parût à ce point irresponsable ; au contraire, le détachement espagnol, dans les circonstances, s'en était plutôt bien tiré. Mais le *capitán* dévoila trop de ses faiblesses personnelles pendant cet engagement. Ce mal de mer qui l'avait si fort ébranlé, par exemple, ou cette rage qu'il ne contrôlait plus sitôt que la colère le gagnait. De l'avis de Rato, un homme qui ne disposait point de la retenue nécessaire pour vaincre l'embarras des revers de fortune ne méritait point le commandement d'une troupe aussi importante que celle qui servait à Virgen-Santa-del-Mundo-Nuevo.

Bien sûr, le *teniente* Joaquín Rato était trop discipliné pour trahir un supérieur à ces seules considérations. Aussi, en respect total avec ses lignes de conduite, avec l'égard dû à un supérieur et par simple politesse, il attendit que le *capitán* de Navascués se soit signé puis relevé avant de déclarer :

— Pardonnez mon intrusion, Excellence, mais une affaire demande votre attention.

« Il faudra bien que j'envisage sérieusement de troquer ce rideau pour un vrai mur », songea le *capitán* en laissant le flux acide de l'irritation se dissiper au creux de son estomac.

— Qu'est-ce ?

— Peralonso, Excellence. Après notre départ de Santa Magdalena, le capitaine Peralonso nous a suppliés de maintenir notre protection à son endroit et nous avons refusé.

— Et alors ?

— Il est ici.

— Je n'ai point de temps pour lui.

— Il ne demande plus de votre temps, Excellence.

De Navascués immobilisa son geste de jeter le morion sur le lit.

— Il est mort?

— Non, mais il n'a plus ni nez ni oreilles ni yeux ni langue ni pieds ni mains et il est scalpé.

Les mâchoires de de Navascués se crispèrent de nouveau. Il allait répliquer quand son second ajouta:

— Et inutile de chercher un moyen de le nourrir: on lui a coulé je ne sais quelle quantité de mortier dans le fondement.

4

— On a eu le dernier de ces bâtards.

N'A-Qu'Un-Œil avait parlé en fixant sa pupille unique sur la mince ligne bleu noir qui séparait le ciel de la mer. Il n'en percevait qu'une maigre portion à travers la fenêtre de tribord et la voyait pencher de senestre à dextre puis de dextre à senestre à mesure que le galion franchissait les vagues, poussé par un vent grand largue. La mante rouge, pendue à un crochet voisin du dormant, en réfléchissant les rayons d'un soleil de fin d'après-midi, renvoyait une lumière enflammée de la moustache et de la barbe rousses du pirate. Le bandeau noir qui lui servait de cache-œil était noué à l'arrière de son crâne chauve en écrasant ses pavillons d'oreilles, faisant ressortir de la sorte les anneaux d'argent qui pendaient à ses lobes.

Notre capitaine, assis sur la chaise de bois derrière la table qui servait de bureau, ses bésicles* sur le bout du nez, sa chemise boutonnée jusqu'au col, ses cheveux réduits à une simple couronne autour de son occiput, sa barbe bien taillée, ressemblait davantage à un notaire dans son cabinet qu'au pirate cruel qui semait l'effroi à tout équipage naviguant dans les eaux du Pérou. La tête ainsi penchée, son menton se dédoublait en un collier de chair qui accentuait son aspect d'érudit cantonné aux études. Rien de cette main grassouillette, qui empêchait le portulan de s'enrouler, ni de ce doigt charnu qui traçait d'une ligne invisible la route de l'*Ouragan*, ne laissait pressentir l'habileté à manier le poignard, à user du sabre ou à tirer du pétrinal et de l'arquebuse. D'un air sérieux, notre maître analysait les rhumbs devant lui, sans démontrer qu'il avait ouï la remarque de son second.

Dos appuyé contre le chambranle de la porte donnant sur le balcon, hanché sur une seule jambe, Urbain tourna un regard neutre en direction de N'A-Qu'Un-Œil.

— De bâtard, il en reste un, rectifia-t-il en passant une main sur ses cheveux ras, dans un mouvement orbiculaire, distrait, tic contracté des mois auparavant quand on lui avait tondu le crâne pour le débarrasser de sa vermine.

On aurait dit qu'il craignait sans cesse de reperdre sa tignasse ou qu'il s'assurait de la repousse, comme s'il doutait qu'elle était bien là, l'instant d'avant. Il était vêtu d'une chemise de toile écrue et de grègues à l'avenant. À son ceinturon de cuir, plus riche, acquis lors d'un abordage, pendait un sabre lourd.

— Sauf que celui-là, fit N'A-Qu'Un-Œil en dodelinant de la tête, il commande une garnison de deux cent cinquante à trois cents hommes avec autant d'arquebuses, retranchés derrière un préside protégé de trente canons.

— Sans véritable retranchement, corrigea Urbain qui, en ma compagnie, avait connu l'intérieur de Virgen-Santa-del-Mundo-Nuevo. La place est adossée à un cap qui jouxte la forêt. Les Espagnols ne s'attendent à aucune attaque de ce côté ; il suffit d'atterrir à deux lieues de là, de franchir la distance dans la broussaille et de les prendre à revers.

— On les dominera par la hauteur, renviai-je, attirant aussitôt le regard des deux hommes sur moi. On peut les arroser de fer, de flèches et de zagaies tandis que leurs canons, pointés dans la direction opposée, seront totalement inutiles.

— Holà, moussaillon! protesta N'A-Qu'Un-Œil en se campant dos à la fenêtre, poings sur les hanches, sa mine exagérément stupéfaite dans ma direction. Je te rappelle que nous ne sommes point quarante marins.

— Nous serons peut-être plus, rétorqua aussitôt Cape-Rouge sans lever le nez du portulan.

Son second lui jeta un air surpris.

— Plaît-il?

— Dès que le vent nous sera propice, nous ferons voile vers une île peu connue sur une route non fréquentée, assez loin d'ici. Nous devrions y trouver suffisamment d'alliés pour notre ambition de revanche.

N'A-Qu'Un-Œil regardait Cape-Rouge avec une expression mitigée.

— Des alliés? s'étonna-t-il. J'ignorais.

— L'île s'appelle la Licorne… du moins, c'est le nom qu'on lui baillait à l'époque où je l'ai… où l'équipage avec qui je naviguais l'a découverte. Ne fixe point ce portulan, tu ne l'y trouveras point. Je connais sa position de mémoire.

— Et c'est là qu'on cingle?

— Non, point en cette saison, je te dis. Le vent nous est contraire. Mais bientôt.

N'A-Qu'Un-Œil nous regarda à tour de rôle, Urbain et moi.

— Et vous le saviez, vous deux ?

Notre silence fut plus éloquent que la réponse la plus nette.

— Ce détail s'est discuté en arawak, affirma Cape-Rouge, les bésicles toujours en direction du portulan, c'est pourquoi tu n'y as rien entendu. Urael et Urbain en ont débattu avec moi.

Le capitaine n'eut qu'un geste vague du doigt pour me désigner.

— Je suppose qu'Urbain aura mis son grand complice au courant.

Le visage du bosco cramoisit pour devenir quasi aussi enflammé que sa barbe. Les dents serrées, la moustache vibrante d'indignation, la main posée sur le pommeau de la dague à sa ceinture — plus par manière coutumière que par menace —, il grogna :

— Je suis toujours second de mon capitaine, si ? Je suis toujours son homme de confiance ? Alors, pourquoi je ne suis point instruit du secret ?

Cape-Rouge leva enfin la tête vers son maître d'équipage, mais dans un mouvement lent en prenant le temps de pincer ses bésicles entre deux doigts et de les ôter de son nez.

— Parce que, répliqua-t-il enfin, je n'en jugeais point le moment opportun. Nous avions d'abord le souci de nous revancher des mercenaires avant de nous préoccuper du cas de de Navascués et de Virgen-Santa-del-Mundo-Nuevo. Maintenant, si tu perds ta mine de petite fille qui boude, je vais t'instruire de ce vers quoi nous voguons. C'est bien, je vois que tu te détends. À trois jours d'ici, sur la côte du Brésil, sous le sable des ruines d'un ancien comptoir portugais ravagé par le pirate Tourtelette, nous trouverons une centaine d'arquebuses et d'escopettes, des quintaux de poudre, des balles... Nous récupérerons tout ce fourbi à notre profit. Par la suite, au premier souffle de vent qui nous sera favorable, nous irons retrouver des amis miens qui habitent l'île inconnue dont je parlais il y a peu.

— Des amis ?

N'A-Qu'Un-Œil avait troqué son expression irritée pour une moue incrédule. Cape-Rouge inclina la tête en présentant ses deux paumes vers le haut.

— Des amis. Des guerriers kalinagos qui se repaissent de leurs ennemis aussi facilement que nous avalons du lard.

— Vous avez des relations chez les cannibales ?

— Du moins, à une certaine époque.
J'espère qu'ils se souviennent de moi.

N'A-Qu'Un-Œil quitta le voisinage de la
fenêtre pour s'approcher de la table, exagérant une expression catastrophée.

— Vous voulez remettre un arsenal com-
plet à une tribu de cannibales ?

— Il faudra aussi les instruire de la
manière de s'en servir.

Le marin borgne plaça les deux mains sur
son crâne en signe de désarroi puis eut un
geste ample qui nous embrassait tous les
quatre. D'une voix blanche, il demanda :

— Et s'ils se retournent contre nous ?

Cape-Rouge répliqua en roulant le portulan autour d'un axe en bois.

— Je dois tout à ces Naturels[1] : mon
bateau, l'*Ouragan*, mon premier équipage, ce
qui m'a permis de devenir maître de Lilith…
de devenir qui je suis, aujourd'hui. Ils étaient
— et sont toujours, je le crois — des alliés.
Mieux, des amis. Du moins, leur cacique. Il
m'a pardonné beaucoup de fautes, quoique,
en même temps, il me doive la vie. Peut-être

1. Voir le tome 1, *Pirates – L'Île de la Licorne.*

ne sommes-nous plus obligés l'un envers l'autre, et peut-être aussi ce passé commun nous garde-t-il toujours redevables. J'ai joué pour lui le rôle de tuteur, d'oncle, au milieu de circonstances…

Il se tut en agitant une main devant son visage. Il fit une moue pour exprimer que le reste ne nous concernait point, qu'il s'agissait de détails qui lui étaient personnels. Il reprit :

— Enfin, une fois sur les lieux, nous verrons si les cannibales nous accueilleront en alliés.

Ce fut Urbain qui conclut, du bout des lèvres, presque malgré lui :

— Ou en gigot.

D'un geste rageur, le *capitán* Luis Melitón de Navascués froissa la lettre puis, au moment de la lancer à l'autre bout de la pièce, se ravisa. Il la déplia, la lissa de la main sur le bord de la table et la lut de nouveau. Ensuite, comme rasséréné d'y avoir trouvé — ou de n'y avoir point trouvé — un détail spécifique, il suspendit le morceau de vélin au-dessus de la chandelle qui brûlait près de l'encrier. L'officier tint la feuille par un coin entre le pouce et l'indice jusqu'à ce que la chaleur l'obligeât à la laisser finir de se consumer sur le plancher de terre. Ce fut le *teniente* Joaquín Rato qui s'étonna. Il n'avait point reçu l'ordre de se retirer et, par conséquent, restait en position rigide près du rideau.

— C'est le pli du vice-roi?

Le quartier adjacent, celui des officiers, était vide à cette heure du jour et les deux hommes pouvaient discuter à haute voix sans crainte d'être ouïs, si ce n'était par Felipe, le jeune page qui, comme à son habitude, attendait en retrait, silencieux et immobile. De Navascués émit un grogne-ment en guise de réponse.

— Je présume que les nouvelles sont mauvaises, dit le *teniente* sans chercher à user d'ironie.

— Le vice-roi exige que je me rende à Mexico afin de l'entretenir des événements de la Casa de Piedras.

— Voilà qui est fâcheux.

— Il me soumettra sans doute à son autorité. Je risque de perdre la mainmise sur ma *bandera*. De plus, si on me demande de confirmer les rumeurs à propos d'une certaine cité d'or, je n'aurai grâce de mentir sans par la suite perdre toute prétention sur le trésor.

— Impossible, en effet.

— Il faut gagner du temps. Des semaines nous seront nécessaires pour remplir un premier navire avec suffisamment de richesses à envoyer en Espagne. Une fois le roi ébloui par le trésor que je lui… nous lui enverrons, quand bien même il nous soumettrait au pouvoir de l'*Audiencia* de Mexico, nous profiterions déjà de notre gloire et de notre fortune.

— Cela se peut.

Le *capitán* scruta un moment son officier, son attitude neutre, sa quasi-indifférence. À qui ne connaissait point le *teniente* Joaquín Rato, cette mine pouvait exprimer le manque de respect, voire la trahison. Mais de Navascués avait depuis longtemps appris à apprécier la fidélité de son subalterne pour n'avoir point à redouter de ce côté. Il déclara soudain :

— Je n'ai point reçu ce pli.

Une ride de perplexité se forma sur le front de Rato en traçant une ligne parallèle à ses sourcils.

— Plaît-il ?

— Si je n'ai point reçu l'ordre du vice-roi, je n'ai point à lui répondre. Le temps qu'il réitère sa demande, que nous jouions les innocents en nous interrogeant à savoir de quelle autorité nous relevons, de celle de la Nouvelle-Espagne ou de la Nouvelle-Castille, nous aurons obtenu le délai dont nous avons besoin.

— Excellence, la lettre a été acheminée par *don* Pascual Ibañez, un *encomendero** de Cuba. Ce dernier est parfaitement au courant que le pli vous a été remis.

— Il est toujours ici?

— Qui? *Don* Pascual? Je ne sais point. Il profitait du passage de son chébec au large de nos côtes pour porter la missive du vice-roi. Son navire est peut-être toujours à quai.

— Coulez-le.

— Excellence?

Les sourcils broussailleux de de Navascués s'avançaient ainsi qu'un encorbellement au-dessus de ses iris gris. Les moustaches retroussées par un rictus mauvais, il ordonna:

— Coulez-moi ce diable de bateau et noyez tout l'équipage. Si cet *encomendero* a fait naufrage avant de me remettre son pli, comment puis-je avoir reçu l'ordre du vice-roi? Ne suis-je pas dès lors justifié de n'y point répondre?

5

Après avoir récupéré, sous les sables de l'ancien comptoir portugais, les armes qu'avait cachées le pirate Tourtelette, des mois plus tôt, nous attendîmes que le vent provînt d'un orientement favorable pour nous rendre à l'île de la Licorne. Nous profitâmes de cette pause pour nous hasarder de crique en crique, parfois sur la *Tierra Firme*, plus souvent sur des îles à l'écart des routes espagnoles, pour faire de l'eau et des provisions. Nous restions peu de temps en chaque endroit, préférant la mer pour familiariser nos nouveaux membres d'équipage à nos règles et manières de faire. Nos journées se passaient sur le tillac en leçons d'escrime baillées par Urbain, en enseignement des techniques de lutte par N'A-Qu'Un-Œil, en abonnissement de nos méthodes de maniement des escopettes et pétrinaux, en apprentissage des bases de la langue arawak sous la houlette d'Urael et,

finalement — mais pour moi, seulement —,
en étude de l'écriture auprès du Jésuite.

Avec des semaines d'avance sur la saison, un matin, nous tirâmes parti d'allures
portantes qui, durant les quatre journées
nécessaires, nous permirent de voguer par
largue et grand largue en direction de
l'île de la Licorne. Pendant vingt-quatre
heures, des vents soufflant bon frais et
des pluies fortes nous obligèrent à une
surveillance constante des voiles, accentuant
un roulis pénible lorsque l'*Ouragan* prenait
les vagues par le travers. Cependant, le
temps des fièvres et des tempêtes tirait à sa
fin et nous savions que les grains à venir
n'auraient plus rien des crises de furie de
Juracán.

Notre galion grinçait de toute sa charpente ainsi qu'un ferrailleur fait gémir l'acier
de sa rapière. Drisses et étais, embraqués aux
vergues et au sommet des mâts, ressem-
blaient aux rênes tendues d'un genet au
galop, l'écume du taille-mer figurant la salive
et les embruns, la suée. Les voiles sifflaient
de tant de vent remplies qu'on aurait dit le
cri de quelque bête en chasse.

Il y avait bien un peu de ça.

La barre était tenue par Philibert qui écoutait avec une attention diligente les directives secrètes de notre capitaine.

— Maintiens le cap toute la matinée et, avec ce vent, tu modifieras peut-être la route en début d'après-midi. Je t'aviserai.

La moustache brouillonne de notre timonier de même que la mouche qui lui tenait lieu de barbe — le toupillon de poils sous sa lèvre inférieure — s'agitèrent dans la moue qu'il affiche tandis qu'il s'efforçait de bien saisir les indications. Son toupet clairsemé, qui ressemblait à une longue touffe de mauvaises herbes roussies de soleil, battait sur le côté de sa tête, animé par des bouffées de vent qui s'infiltraient par la lucarne.

— À combien de nœuds cinglons-nous, capitaine? demanda-t-il.

— Que t'importe?

— Je sais la manière d'user d'un bâton de Jacob, vous savez, pour calculer la hauteur d'un astre et notre position en mer. Avec votre permission, ce midi, je déterminerai l'angle du soleil, et vous…

— Contente-toi de suivre le cap donné et ne t'amuse point à estimer les distances. Il est des affaires qu'il vaut mieux ignorer pour s'éviter des embarras.

Au crépuscule du quatrième jour, nous carguâmes les voiles à la vue d'une terre que nous contournâmes pour l'aborder par le sud-sud-ouest. Encadrée de falaises à dextre et d'une mangrove à senestre, une longue plage s'incurvait ainsi qu'une serpe dorée au pied d'une forêt luxuriante, brossée de tellement de tons de vert qu'il aurait fallu des noms différents pour les décrire tous. Notre capitaine intima l'ordre d'empanner* à une lieue au large en dépit du fait que nous avions encore plusieurs brasses de fond et qu'il nous aurait été possible d'approcher la côte davantage.

— À la brune*, tirez trois salves à blanc, ordonna-t-il, puis allumez des lampes à la proue qu'il faudra entretenir toute la nuit.

— Ces feux ne nous seront guère utiles pour repérer quoi que ce soit sur l'île, capitaine, osa argumenter Alavaro, un Navarrais qui parlait français avec cet étrange accent du pays d'oc. Ils signalent plus notre position que si nous...

Il se tut sans que personne ne lui eût sommé de le faire, paralysé par le regard que Cape-Rouge posa sur lui. Notre capitaine, drapé de sa mante écarlate, coiffé d'un feutre à large bord d'où flottait la plume irisée d'un perroquet qu'on trouvait à l'époque uniquement sur Lilith, n'avait point l'habitude qu'on discutât ses ordres. Les marins recrutés de fraîche date n'étaient point encore tout à fait acquis aux mœurs et règles de notre équipage. Quelques coups de fouet allaient y remédier sans peine.

Je ne dormis guère, cette nuit-là. La présence en face de nous d'une île peuplée de mangeurs de chair humaine provoquait chez moi un malaise indicible. Je n'avais point peur, non. Il s'agissait plutôt d'une gêne, d'une répugnance, qui me venaient à imaginer des scènes de cérémonies païennes où des mâchoires d'hommes mastiquaient des cuisses d'hommes, des bras d'hommes, des pieds d'hommes... Ma révulsion ne venait point de ma morale chrétienne, car de religion, je n'en ai guère pratiqué dans ma vie et moins encore à cette époque pendant laquelle je parcourais les mers en rapinant et en tuant, le juron toujours aux lèvres, invoquant le diable ou des démons indiens chaque fois que mon sabre tourbillonnait au bout de mon bras ou que mon indice appuyait sur la détente d'une escopette. Non. Mon dégoût venait plutôt de mon origine, d'une société qui n'était point exempte d'horreur,

mais qui ne pratiquait point l'anthropo-
phagie. Dans le monde dont j'étais originaire,
un guerrier vainqueur ne mangeait point la
chair d'un guerrier vaincu quand bien même
c'eût été dans l'espoir d'en acquérir le
courage, la force et les vertus. Un acte tel
équivalait à se rabaisser au rang des chiens,
des bêtes. Il n'était point possible que nous
fussions des hommes si nous nous mangions
entre nous. Les Sauvages, du moins les cannibales, les Kalinagos, n'étaient donc point
humains, tandis que nous, les Blancs, nous
pouvions y prétendre.

À l'époque, je croyais si fermement à cette
norme qu'elle me paraissait d'une infrangible
incontestabilité. Aujourd'hui, après toutes les
abominations dont j'ai été témoin, j'en doute :
ou nous sommes tous des hommes, ou nous
sommes tous des bêtes.

Les coudes appuyés au bastingage du
gaillard de proue, j'observais la ligne sombre
de la Licorne, coiffée d'étoiles et baignée de
lune, flotter sur la mer. Quatre feux dessi-
naient les angles d'un carré si parfait que je
les croyais destinés à nous communiquer
quelque message, mais notre capitaine,
qui aborda cette île jadis, nous apprit qu'il

s'agissait en fait de quatre villages ainsi disposés sur la pente des montagnes au nord.

De son doigt grassouillet éclairé à contre-jour par les lampes pendues à l'étrave, il indiquait des points que l'obscurité nous empêchait de voir. Urbain, N'A-Qu'Un-Œil, Joseph, Urael — ce dernier dans une moindre mesure, car il ne maîtrisait point encore entièrement le français — et moi l'écoutions nous décrire les caractéristiques de l'île, ses plages, ses montagnes et ses forêts, en nous étonnant davantage de la volubilité inaccoutumée de notre maître que des particularités de cette terre qui ne nous semblait point différente d'une autre. De toute évidence, Cape-Rouge était excité, voire ému. Il s'apprêtait à renouer avec un monde et des gens qu'il avait côtoyés, des gens à qui il vouait une admiration — peut-être même envers qui il éprouvait une crainte — inhabituelle, et cela nous médusait. À de multiples reprises, il prit Joseph à témoin, le frêle, le vieux Joseph, en entourant ses épaules d'un bras lourd. Notre brave chirurgien approuvait en petits rires nerveux, semblant ignorer la trop vigoureuse étreinte, et s'aiguillonnait lui aussi à la perspective de retrouver d'anciens compagnons — ou d'anciens ennemis, cela, nous ne comprîmes guère.

— Demain, annonça Cape-Rouge, nous tirerons trois autres salves à blanc, mais nous ne mettrons point pied à terre. Ce sera pour aviser les îliens que nous désirons prendre langue. Nous aborderons la Licorne après-demain.

— Lesquels parmi nous ? s'informa N'A-Qu'Un-Œil.

— D'abord, Joseph et moi. Nous sommes les deux seuls qui restent de l'équipage original qui a pris naissance sur la Licorne. On devrait nous y reconnaître... du moins, si les cannibales que nous avons côtoyés à l'époque sont toujours vivants et se souviennent de nous. Pour nous accompagner, je veux Urbain, Grenouille, Lionel...

Il se tourna vers le Wayana dont les pupilles étaient fixées sur les quatre points lumineux, au loin. Éclairés par la lune et les lampes à l'étrave, les traits du Naturel trahissaient clairement son inquiétude.

— Urael ?

— Eux ennemis de mon peuple, capitaine. M'arracheront cœur pour dévorer lui pendant que lui battre encore.

— Point si tu es avec moi.

Urael orienta ses larges épaules en face de Cape-Rouge. En dépit de la peur qui irriguait ses veines, il déclara :

— Si capitaine veut moi avec lui, je viens. Mais peut-être je suis celui qui apportera conflit.

— Tu crains que le fait d'être avec nous rende le contact plus dangereux ?

N'A-Qu'Un-Œil intervint.

— Capitaine, si je comprends bien, vous ne m'invitez point à vous accompagner ?

— Comme d'habitude, tu garderas le navire pendant mon absence.

— En ce cas, Urael ne sera point de trop avec moi. Nos nouveaux marins ont peur de lui et si — pardonnez-moi — si vous tardiez à revenir, il me sera utile pour convaincre ceux qui restent d'aller vous porter secours.

Cape-Rouge fit une moue accompagnée d'un geste flou de la main. Il approuva en regardant de nouveau vers le rivage.

— J'en suis aise. Je veux quand même deux autres rameurs avec nous dans le you-you. Vernois et Santiago feront l'affaire.

Cape-Rouge avait récupéré dans la malle de sa cabine un vieux pavillon fait de mauvais coton, tant plombé de soleil qu'il n'affichait plus de sa teinte rouge originale qu'un rose fadasse. Le squelette armé d'un sabre qu'on y avait brodé de fil bistre se distinguait à peine dans la pâleur du calicot. Notre capitaine, debout à la proue du youyou, avait noué le tissu au bout d'une pertuisane retournée dont il se servait ainsi qu'une bannière. Tandis que, arc-boutés à nos rames, dos ruisselant de sueur, nous nagions* en direction de la Licorne, le squelette de toile flottait au-dessus de nos têtes pour bien aviser les cannibales de qui venait devers eux. Droit, immobile, son chapeau à large bord orné de plumes, Cape-Rouge ressemblait à ces conquérants d'Espagne venus pour la première fois aborder les terres du Nouveau Monde, une soixantaine d'années plus tôt. Pour parfaire l'illusion, il ne manquait plus qu'un crucifix dans ses mains ou ourdi sur sa mante. Lorsqu'Urbain en fit la remarque, nous éclatâmes tous de rire, sauf le capitaine qui, s'il n'avait point trouvé le trait drôle, par son mutisme, approuva notre manière de réduire la tension.

Avant de quitter l'*Ouragan*, nous avions tiré trois dernières salves à blanc afin d'aviser les habitants de l'île de notre venue. Semblait-il qu'il s'agissait là d'un signal convenu de longue date avec le cacique des cannibales. Derrière nous, le galion s'apetissait au point de ne plus nous laisser distinguer de nos gens que de vagues tavelures qui se mouvaient au bastingage et dans les haubans. À l'opposé, la terre s'étalait à l'horizon, plus vaste à chaque coup de rame, accaparant la ligne de mer et la toile de ciel, ainsi qu'un fauve tapi rampe avant de bondir sur sa proie. Nous poussions et halions sur les manches d'aviron, dos à l'île, gardant un œil par-dessus notre épaule comme si nous craignions de voir la bête surgir sur nous. À mesure que notre approche nous permettait d'en mieux distinguer les détails, nous scrutions berges, flancs des falaises, entrelacs de la mangrove, frondaison de la sylve… Chaque mouvement causé par un souffle de brise ou l'envol d'un perroquet nous paraissait relever de la pire menace. Nos bouches coites d'appréhension, l'ambiance se révélait plus oppressante ; seul le clapotis des vagues contre les rames et l'étrave empêchait que les battements de nos cœurs emplissent nos oreilles.

— Ils sont là.

Cape-Rouge avait parlé de sa voix la plus neutre et sans que sa large silhouette à l'avant du youyou ne bouge d'une ligne*. Nous brusquâmes tous notre mouvement pour regarder la plage qui avançait vers nous.

— Où ? demanda Grenouille. Je ne distingue rien. Où sont-ils, capitaine ?

— Je ne les vois point, non plus, avoua Cape-Rouge.

— Mais alors…

— Écoutez les ouistitis.

Nous portâmes une attention particulière aux cris des singes qui s'entendaient depuis un moment et que nous distinguions d'une extrémité à l'autre de la plage.

— Ils ne semblent point si énervés, constata Urbain qui bailla un coup de rame plus vigoureux pour compenser le ralentissement provoqué par Grenouille. Deux ou trois groupes, peut-être, qui se répondent d'un territoire à l'autre.

— Ce ne sont point des ouistitis, répliqua Cape-Rouge.

Il y eut un nouveau ralentissement dans notre élan. Il fallut encore une poussée plus énergique d'Urbain pour que nous retrouvions le rythme.

— Vous voulez dire que ce sont…

— Ils sont là, répéta simplement notre capitaine.

Même lorsque la quille du youyou creusa une cicatrice dans le sable de la plage, à moins d'une demi-brasse de fond, même après que l'embarcation se fut arrêtée d'elle-même, nous restâmes sur nos banquettes, les rames sur les genoux, nos mains crispées sur le manche ou posées sur les armes à nos ceintures. Cape-Rouge mit quelques secondes avant de tourner vers nous un visage à l'expression floue, davantage troublé par notre apathie que par les dangers qui nous menaçaient. Toutefois, il m'était difficile d'en juger, car un pan de sa mante, poussé par le vent, masquait en partie son visage et je n'apercevais, hormis un carré de barbe, qu'un œil rond fixé sur nous. Notre capitaine soupira bruyamment en guise de reproche puis, un bras appuyé sur la pertuisane, sauta en bas de la chaloupe, de l'eau aux genoux.

— Des Espagnols nous attendraient au cœur des fourrés que vous seriez déjà à y accourir, sabre au clair, pétrinal au poing.

— Avec des fils-de-rien, on sait à quoi s'attendre, répliqua Urbain qui sautait à terre à la suite de notre capitaine. Mais avec des Sauvages aussi invisibles que le vent, mauvais ainsi que des diables, mangeurs de chair humaine, qui sait si nos armes auront quelque effet sur eux.

Il enroula la corde d'ancre à l'étrave pour se donner une contenance, mais il gardait continuellement un œil en direction de la forêt. Personnellement, je ne me résignais point à quitter le youyou. L'île, en dépit d'apparences qui ne différaient point des autres terres du Pérou, me laissait une impression de danger sans nom, me semblait receler un mal qui ne pouvait avoir d'autre origine que l'enfer. Une sueur glacée coulait de ma nuque à mon dos malgré le soleil qui martelait ma peau brûlée de sel. Pour la première fois de ma vie, j'avais peur.

Réellement peur.

— Laissez vos armes à la ceinture et ne les dégainez que si j'en baille l'ordre.

Cape-Rouge, mante et pavillon au vent, épaules relevées, dos cambré, plus droit, plus brave, plus chef que jamais, s'éloigna de l'embarcation en marchant vers la plage. Joseph le suivait d'un pas, moins anxieux qu'excité, nous offrant lui aussi, avec pour toute arme un simple épissoir glissé à l'arrière de ses chausses, une belle leçon de courage.

Main sur le pommeau de sa rapière, mais en prenant garde de ne point désobéir aux ordres de notre maître, Urbain les suivit d'une toise et je m'empressai de rejoindre celui qui était mon compagnon le plus proche depuis que, membres de l'équipage du pirate Tourtelette, nous fûmes faits prisonniers à Virgen-Santa-del-Mundo-Nuevo. Immédiatement derrière nous, les yeux balayant sans arrêt frondaison et cimes des falaises, suivirent dans l'ordre Grenouille, Santiago et Vernois.

Les cris des ouistitis s'étaient tus et l'île n'offrait plus, hormis le bourdonnement des insectes, que les fredons de la brise quand elle s'infiltrait dans les vacuoles de la falaise ou dans la feuillaison de la mangrove. Ici et là, le vol d'un perroquet reliait une cime à une autre en brossant un arc émeraude. Une cascade au débit modeste, cachée par la sylve, roucoulait d'un timbre léger.

— Cela ressemble trop au paradis pour être honnête, murmura Vernois.

Cape-Rouge remonta encore la plage jusqu'à n'avoir plus les pieds ni dans l'eau ni sur le sable mouillé, puis planta le fer de sa pertuisane sur un monticule terreux, le calicot rosâtre battant son squelette pâlot.

Il croisa les bras sur sa poitrine et, menton relevé, mante flottant de travers, le bord de son chapeau traçant une bande d'ombre à la hauteur de ses yeux, fixa la forêt. Nous nous arrêtâmes un pas derrière lui pour bien signifier à ceux qui nous observaient qui était notre chef.

Nous attendîmes.

À intervalles réguliers, par réflexe, quand un ara poussait son cri d'alarme ou qu'un agouti bondissait d'un buisson à l'autre, nous portions la main sur le manche d'une épée ou la crosse d'un pétrinal. Nous revenions aussitôt à notre position fixe, dos à la mer, face à la forêt, dans l'attente que quelque sauvage fougueux veuille bien apparaître pour aboucher.

— Vous êtes certain qu'on ne reste point plantés là pour le seul délassement des singes, capitaine? chuchota Grenouille entre ses dents, le regard toujours fixé devant lui.

— En ce moment, ils nous étudient, répondit Cape-Rouge. À nous d'attendre le temps qu'il faudra et tant pis s'ils éprouvent notre patience jusqu'à nous laisser cuire au soleil.

Urbain me lança un regard ennuyé et je devinais, dans le pianotage de ses doigts sur la poignée de sa rapière, l'impatience de l'homme d'action qui préfère la confrontation directe à l'attente.

— Capitaine? fit Joseph.

— Quoi?

— Ça bouge, là.

— Où ça? Où ça? demanda Grenouille.

— Calme! intima Cape-Rouge. Ne réagissez point et, surtout, ne touchez point à vos foutues armes!

— Hé, hé! ricana Santiago sans joie comme il lui arrivait souvent de le faire. *Hay un hombre* à trois toises, à votre dextre, capitaine. Hé, hé! Vous le voyez?

— Il est là depuis deux minutes. Restez calme.

— Je vois bouger à senestre, là-bas, capitaine. Près du buisson.

— Et là, juste en face, fit Vernois en dégageant un empan de lame de sa gaine.

— Calme! répéta Cape-Rouge, ne tou...

Il s'interrompit quand une zagaie longue d'une toise, ornée de plumes de perroquet, se planta devant lui, pénétrant d'un pied au moins dans le sable de la plage.

6

Yuisa était un indien taíno qui, des années auparavant, habitait la petite île de Morovis. De cette époque révolue, il se rappelait sa femme, sa fille, ses deux fils, sa mère, sa belle-famille, la pêche, la culture du yucca… Il se rappelait aussi les incursions des Kalinagos — ou Caraïbes —, ennemis traditionnels des Taínos, qui massacraient les hommes et prenaient les femmes en esclavage. En ce temps-là, depuis une génération déjà, des rumeurs circulaient d'une île à l'autre à propos d'êtres fabuleux, détenteurs d'un pouvoir extraordinaire — sans doute des envoyés de Yucahú, le dieu du ciel —, soumettant les Kalinagos à leur autorité. Yuisa ne croyait guère à ces fantasmes de vieillards.

Puis, un jour, d'immenses oiseaux arrivèrent en flottant sur la mer. Onques à Morovis n'avait-on vu pareil prodige! Les hommes qui les montaient arboraient des cheveux au visage et semblaient vêtus de métal.

Ils montaient des bêtes fabuleuses, appelées
«chevaux», qui leur obéissaient en tout et les
portaient sur de longues distances à la vitesse
du vent. Ils détenaient le pouvoir du tonnerre
et maniaient des armes si tranchantes que,
d'un seul coup, ils pouvaient fendre un
homme en deux. Nul autour de Yuisa ne
douta alors qu'il s'agissait des représentants
de Yucahú envoyés pour libérer les Taínos
des Kalinagos.

Les nouveaux venus furent accueillis en
libérateurs, couverts de cadeaux et d'attention. On leur offrit les plus belles femmes, on
leur servit les meilleurs plats. Las! Il ne se
passa guère de temps avant que l'on comprît
que l'arrivée de ce peuple étrange n'avait
rien à voir avec Yucahú. Il s'agissait simplement de nouveaux guerriers, partis d'un
pays au-delà de la grande mer, et qui
n'avaient d'ambition que d'accaparer les
terres, les mines, les villages, les femmes et
le travail, non seulement des Taínos, mais de
toutes les peuplades du monde, y compris
les Kalinagos.

Pis! Les étrangers — qu'on surnommait
maintenant non plus dieux, mais *yares* blancs,
diables blancs —, étaient eux-mêmes divisés
en clans ennemis qui se livraient une guerre

au milieu de laquelle, de gré ou de force, se compromettaient Taínos comme Kalinagos, Margajas comme Tupinambás, Guaranis, Mayas, Mexicas et combien d'autres encore.

Voilà à quoi pensa Yuisa lorsqu'il aperçut la forme sombre que les vagues apportaient. Seul dans sa *piragua*, en direction de cette zone poissonneuse près d'un estoc aux arêtes polies, il pagayait avec vigueur pour combattre un vent un peu fort venu du large. Il crut tout d'abord qu'approchait un *tiburón*, un chien* de mer comme les appelaient les *yares*, ensuite il présuma qu'il s'agissait plutôt d'un tronc d'arbre. Mais, bientôt, il reconnut, dans les bras étendus et les jambes écartées, le cadavre d'un homme. Visage orienté vers les profondeurs, le naufragé se hissait malgré lui au sommet des houles avant de glisser dans les crevasses de l'onde, entraîné par les rouleaux en direction de la plage qui jouxtait le quai de Virgen-Santa-del-Mundo-Nuevo. Lorsqu'il croisa près de sa *piragua*, Yuisa s'avisa qu'il s'agissait d'un Blanc.

Pendant un moment, les battements de son cœur s'accélérèrent à la pensée que, de retour sur la berge, les *yares* l'accuseraient du meurtre. Aucun mobile, aucune preuve n'étaient nécessaires pour incriminer un Naturel de la mort d'un Blanc.

Puis, une seconde forme se profila sur les vagues, et une troisième, et une quatrième… Yuisa se rasséréna. Nul ne s'imaginerait un instant que, à lui seul, il pouvait avoir été responsable d'un tel massacre. Aussitôt, la curiosité prit le pas sur l'inquiétude. Certains corps qui croisaient son embarcation affichaient des blessures diverses allant d'une poitrine ouverte à un membre arraché, à une tête éclatée. Des débris de bois et de cordages se mêlèrent aussi aux cadavres, indiquant qu'une pirogue géante — que les démons blancs appelaient «navire» — avait été attaquée puis coulée. Cela avait dû se produire non loin de la côte, sinon les corps auraient été dévorés par les chiens de mer.

Yuisa pêcha de nombreuses anguilles, ce matin-là, et il ne manqua point de remercier Yucahú d'avoir rempli la mer de tant d'appâts. À son retour au port de Virgen-Santa-del-Mundo-Nuevo, il ne fut point surpris de voir autant de *yares* sur la rive. On rassemblait les cadavres que les vagues s'évertuaient à jeter sur la plage depuis des heures. Sur le quai se tenaient une poignée d'officiers dont l'*alférez* Juan Patino, le *teniente*

Joaquín Rato et le *capitán* Luis Melitón de Navascués.

— Ce sont les hommes de *don* Pascual Ibañez, lança quelqu'un. Je reconnais celui-là. Il m'a acheté du tabac.

— Celui-là a reçu une décharge d'escopette à bout portant dans la poitrine, se révolta un autre. Qui donc nourrissait autant de haine à l'égard d'un vulgaire *encomendero* de Cuba ?

Yuisa laissa sa pirogue glisser entre deux cadavres avant d'aborder sur la plage. Des Alukus et des Tupinambás s'affairaient au milieu de soldats blancs.

— Encore ce fou de Cape-Rouge, sans doute, supposa l'*alférez* sur le quai. A-t-il juré de tuer tous les Espagnols du Pérou ?

— Plutôt, il savait que *don* Pascual voulait remettre un pli du vice-roi à notre commandant, supposa Rato en parlant à voix si haute qu'on eût dit qu'il s'efforçait de faire en sorte que chacun ouït. Tout le monde sait que le vice-roi avait remis un pli à *don* Pascual et qu'il n'avait point encore eu le temps de le transmettre à notre *capitán*.

Et il répéta en parlant plus lentement, donnant à Yuisa l'impression qu'il s'assurait que comprissent ceux qui entendaient moins

bien la langue castillane. Le Taíno ne conce-
vait point l'intérêt de connaître ces détails ; il
s'étonna de l'insistance de l'officier.

Toutefois, ce qui l'étonna davantage fut
ce sourire discret, mais certain, qu'il décela
sur le visage du *capitán* Luis Melitón de
Navascués, alors que ce dernier aurait dû se
peiner de la mort des siens.

Don Baltasar Ruiz n'était ni soldat ni
hidalgo. Il s'était laissé convaincre, un
an plus tôt, de venir acquérir fortune en
Nouvelle-Espagne avec l'équipage du *capitán*
Luis Melitón de Navascués. Aventurier, bret-
teur, joueur et buveur, il possédait aussi des
aptitudes à commander les hommes et à
dresser les chiens de combat. On disait de lui
qu'il avait, à l'égard des esclaves indiens, la
même cruauté que ses dogues. Ces aptitudes
ne pouvaient que plaire à un conquérant tel
de Navascués et ce dernier remit au maître
de chiennaille le commandement d'une troupe
de dix soldats et de trente esclaves. Ruiz
avait la responsabilité de mener la cinquième
expédition entre la cité d'or et Virgen-Santa-
del-Mundo-Nuevo. Ce matin-là, après trois

semaines de retard sur le délai prévu, il était de retour.

— Nous commencions à penser que vous aviez été victimes de quelque danger qui guette dans cette forêt du diable.

Don Baltasar se laissa tomber plus qu'il ne s'assit sur la chaise de roseau du quartier des officiers. Il jeta son morion à ses pieds en frottant énergiquement, de son autre main, sa chevelure crottée qui lui collait au crâne et sur le côté du visage. Sa broigne était maculée de boue et au niveau des poignets persistaient des tavelures de sang séché.

— J'ai perdu huit de mes hommes et la moitié des esclaves, admit Ruiz tout d'un souffle comme il aurait vidé ses poumons d'un soupir trop longtemps retenu.

Il gardait les yeux sur le morion au sol, une main fouillant distraitement sa barbe grasse. Des sourcils broussailleux masquaient à demi ses pupilles noires au centre de paupières enflées de fatigue et de sclérotiques rouges. Depuis son départ, ses joues s'étaient creusées, amplifiant la saillie de ses pommettes couleur de terre brûlée.

— Des Sauvages vous ont attaqués ? s'informa le *teniente* Joaquín Rato qui, debout

devant la porte, maintenait une garde sym-
bolique pour empêcher d'autres officiers
d'entrer dans le bâtiment.

Par le vasistas, il distinguait les deux
soldats et les esclaves de *don* Baltasar, affalés
au centre de la place autour des maigres
ballots ramenés de la cité d'or. L'un des
Espagnols grelottait si bien de fièvre qu'il ne
parvenait plus à tenir lui-même le bol d'eau
sur ses lèvres. Son camarade l'assistait. Trois
mâtins reniflaient le sol autour d'eux, grognant chaque fois qu'ils passaient trop près
d'un Amériquain. Des troupiers, sous les
ordres d'un sergent gueulard, s'affairaient à
transférer le trésor à l'intérieur du bâtiment
prévu à cet effet.

Ruiz avait levé les yeux vers Rato et ne
répondait toujours point. Quand il se décida
enfin, il accompagna ses paroles d'une moue
de dédain.

— Les Sauvages, non ; les fièvres, oui. À
vingt lieues, on traverse des marais maudits
qui vous sucent l'âme. Puis, j'ai perdu deux
hommes rien qu'à cause des caïmans, deux
autres attaqués par des serpents, un cinquième piqué par une saloperie de scorpion,
un autre…

Il se tut lorsque, d'un mouvement rapide avec le poignet, il essuya un filet de bave à la commissure de ses lèvres. Maintenant muet, il fixait, au milieu de la saleté sur sa main, le trait pâle que la salive avait tracé. L'aventurier semblait fasciné. L'image qui le captivait ainsi ne pouvait être celle qu'il regardait. Plutôt revoyait-il en esprit une scène qu'il ne parvenait point à gommer de sa mémoire.

De Navascués l'observa sans brusquer cette interruption soudaine, sans paraître s'impatienter, attendant que *don* Baltasar veuille bien revenir à la réalité. Ce fut sans détourner le regard que celui-ci conclut enfin :

— Et je ne parle même point des esclaves.

— C'est pour ces raisons que vous ramenez si peu du trésor ? s'informa le *teniente* en pointant le pouce par-dessus son épaule.

Don Baltasar parut s'animer de nouveau, se leva de sa chaise et, ignorant le *teniente* Rato, s'adressa à de Navascués. Il parlait maintenant avec une frénésie renouvelée, crachant des postillons que le *capitán* feignait ne point ressentir.

— Excellence, il n'y a plus de cité d'or, plus d'argent, ni perles ni quelque richesse que ce soit. On ne trouve plus dans ces ruines anciennes que roches et déblais.

— Que racontes-tu ? s'exclama de Navascués.

— Le trésor, *capitán* ! Ce n'était qu'une couche superficielle qui auréolait les bâtiments d'une richesse qu'ils ne possèdent point. Dès que l'on gratte un tant soit peu, on ne trouve que granit, mica et mortier.

— Tu es fou ! La fièvre te fait délirer.

— Depuis combien de mois y êtes-vous allé, Excellence ?

De Navascués soutint le regard de Ruiz qui affichait maintenant plus d'aplomb que jamais depuis son retour. Il affrontait la morgue de son maître avec toute l'assurance de celui qui est convaincu de ce qu'il affirme.

— Les masques d'or ? les bijoux d'argent ? les diadèmes sertis de pierres précieuses ? les…

— Nous les avons déjà tous ramenés, Excellence.

— Ce n'est point possible.

— Si fait. Les sources de richesse de cette cité qui nous promettaient abondance pour des années ont menti ; elles sont déjà taries.

De Navascués jeta un bref regard au *teniente* Rato qui demeurait impassible près de la porte. Ses iris gris acier revinrent se poser sur Ruiz.

— Tu as volé le trésor pour le cacher ailleurs.

Les narines de l'aventurier se dilatèrent. Une veine sur sa tempe, à demi cachée par un épi torsadé, palpitait à un rythme soutenu. Son plastron se soulevait et se rabaissait, cadencé par une respiration fébrile.

— Acceptez l'évidence, *capitán*. Vous savez que je dis vrai.

De Navascués laissa tomber les bras de chaque côté de lui comme s'il commençait à se résigner. Il resta face à Ruiz même en s'adressant à Rato. Sa main gauche, dans un mouvement discret, se rapprochait du manche de la dague à sa ceinture.

— Que vous en semble, *teniente*?

— À moins de nous être abusés lors de notre expédition en la cité d'or, je crois *don* Baltasar un fieffé menteur.

D'une impulsion qui se limita à pivoter avec brusquerie vers Rato, dents serrées, yeux exorbités, Ruiz cracha:

— *Don* Joaquín, voilà une affirmation indigne d'un hidalgo et que seul le sang peut

laver. *Señor capitán*, je vous demande l'auto-
risation de provoquer le *teniente* en duel.

— Ce ne sera point nécessaire.

En tournant la tête pour revenir poser les
yeux vers le maître de Virgen-Santa-del-
Mundo-Nuevo, *don* Baltasar eut le temps de
remarquer le mouvement à la ceinture, mais
n'eut point la promptitude de le prévenir. Il
ressentit un choc à la hauteur du cou et, par
réflexe, y porta la main. Il fut surpris d'y
trouver, en lieu et place du col de sa chemise,
un objet dur. Avant même de ressentir la
douleur, il nota qu'il ne parvenait plus à
respirer, qu'un liquide chaud remplissait sa
gorge. En silence, il interrogea le regard froid,
sans haine ni colère du *capitán*. Ce dernier
affichait un faciès passif, la mine de celui qui
accomplit une tâche monotone, mais nécessaire. À mesure que la jugulaire du sacrifié
se vidait dans sa gorge, qu'un brouet de
salive et de sang mêlés se formait sur ses
lèvres, il ressentit l'effroyable sensation de
se noyer en lui-même. Il fronça les sourcils
dans une dernière interrogation muette puis
s'écroula sans éprouver la douleur de son
nez qui se fracassait en heurtant le sol.

— Retrouvez-moi *Fray* Bartolomeo,
ordonna de Navascués à Rato, qu'il vienne

bailler les derniers sacrements à la dépouille de *don* Baltasar.

— Même s'il nous a volés?

— Il demeure un chrétien.

— Et pour les deux hommes qui restent de l'expédition?

— Ils ne doivent point raconter aux autres les délires de leur ancien commandant. Faites le nécessaire.

— *Fray* Bartolomeo ne chômera point.

— Ce sont eux qui ont choisi de trahir. Dieu saura les juger quand ils se trouveront en Sa présence.

— À vos ordres.

— Attendez! Faites-vous seconder par l'*alférez* et par notre pilote*, *don* Benicio.

— Bien, Excellence. D'autres directives?

— Si. Je compte diriger moi-même la prochaine expédition à la cité d'or. Dans l'intervalle, vous prendrez ma place en tant que commandant de Virgen-Santa-del-Mundo-Nuevo. Vous êtes le seul à qui j'accorde une totale confiance.

— Merci, *capitán*. Craignez-vous que *don* Baltasar ait pu dire vrai? Aurons-nous tué des chrétiens pour rien?

— Dieu ne permettrait point cela.

— Si ces traîtres, les soldats de *don* Baltasar, nous mentent, ou pis, s'ils ont caché une partie du trésor, comment retrouver le fruit de leurs larcins si nous les éliminons?

— Combien reste-t-il de Sauvages de l'expédition? Quinze?

— Treize.

— Enfermez-les tous et soumettez-les à la question*. C'est bien le diable s'il n'y en a point une dizaine qui nous révèle ce qui s'est passé.

— En supposant que la cité d'or ne respecte point ses promesses, que Dieu — qui connaît Ses motivations — ait jugé opportun que l'on tuât de bons chrétiens, notre âme se trouvera-t-elle entachée, *capitán*?

— *Fray* Bartolomeo saura nous absoudre. J'en fais mon affaire.

— De même que pour les Indiens à torturer? Dieu nous...

— ¡*Pardiez, teniente!* Ce ne sont que des Sauvages!

7

Trois cannibales avaient émergé un peu à droite, là où un dense bosquet de cresson se fondait dans la feuillure d'un noisetier touffu et d'un sycomore au tronc tordu. Les Naturels s'étaient révélés de manière graduelle, comme si la feuillaison les engendrait à mesure que nous les détaillions. Armé d'une *machana*, une courte épée faite de bois dur aux côtés émoussés, et d'un bouclier façonné dans une carapace de tortue, ils se placèrent à dix pas de nous avant de s'immobiliser. De taille moyenne, ils étaient entièrement nus hormis un minuscule pagne de gossapin* qui masquait l'essentiel de leur sexe. Visage et poitrine peints de rouge et de noir en des schémas particuliers qui les disposaient au combat, ils exposaient, là où la teinture les épargnait, des muscles puissants aux lignes cuivrées. Leurs cheveux, longs et noirs, tombaient en arrière jusqu'à la taille et, par-devant, étaient coupés à la hauteur des sourcils. Entre leurs narines, des anneaux renvoyaient les mêmes reflets dorés que les *zemís* pendus à leur cou. Des plumes d'aras battaient doucement sur leur tête ou pendaient de bracelets qui ceignaient leurs bras et leurs chevilles.

L'une après l'autre, dix zagaies surgirent de la frondaison, sifflant ainsi qu'un serpent à l'attaque, irisant leur trajectoire avec des pennes de perroquet; elles pénétrèrent la terre dans un chuintement qui nous rappela l'éclatement de viscères. Jaillissant de derrière les cannibales, elles se plantèrent entre eux et nous, à distance de trois pas, avec une symétrie étonnante. Précédant chaque tir, un cri de ouistiti s'était fait ouïr. Le message était multiple: nous sommes plus nombreux que vous pensez, nous sommes tout à l'entour de vous et nous pouvons vous tuer avant même que vous ayez brandi vos armes.

— Restez calmes, répéta Cape-Rouge, toujours impassible.

Nous étions encore à dévisager les trois premiers arrivants, pressentant la haine dans leurs yeux petits et noirs, devinant les crocs sous leurs lèvres scellées, anticipant la traîtrise dans leur attitude calme, quand d'autres cannibales émergèrent à leur tour de la forêt. Ils apparurent avec le même aspect de naître du feuillage, affichant l'attitude calme de leurs prédécesseurs, leurs armes variant de la *machana* à la zagaie et à l'arc. Ils nous semblèrent menaçants plus par leur apparence et leur réputation que par leur gestuelle. Ils furent bientôt dix, puis douze, puis quinze à former un croissant qui nous interdisait la forêt et ne nous laissait, en cas d'attaque, que la mer pour toute issue. Ici et là, des cris de ouistitis s'élevaient encore et encore, à dextre comme à senestre, au pied des arbres comme en leur tête, professant que, peu importe la puissance de nos armes, nous ne saurions nous en servir sans impulser aussitôt sur nous une pluie de projectiles venue de toutes parts.

Autant nous observions les cannibales, autant ceux-ci nous considéraient avec le même intérêt, leurs regards allant de nos cheveux à nos chemises et chausses, de nos barbes à nos bottes.

— Ils semblent surpris de notre apparence, fit observer Grenouille en remuant à peine les lèvres. Vous êtes certains qu'ils ont déjà rencontré des Blancs avant nous ?

— Sans doute point les plus jeunes, répliqua Urbain en se concentrant sur les trois cannibales de son côté. Ceux-là n'ont guère plus de quinze ou seize ans.

— Ils nous ont déjà croisés, corrigea Joseph, mais ce n'étaient alors que des enfants.

Cape-Rouge allait ajouter quelque chose lorsque l'un des Naturels, coiffé de plus de plumes que ses camarades, marcha dans sa direction. Il s'arrêta à moins de deux pas.

— Je me rappelle toi, dit-il dans un français qui, quoique boiteux, nous surprit tous.

Notre capitaine resta silencieux à fixer le guerrier qui se maintenait devant lui.

— Mon nom Oualie, reprit le cannibale. Nous être ennemis avant, puis toi repartir en homme libre[1].

— Oualie, répéta lentement Cape-Rouge tandis qu'il dévisageait son interlocuteur les yeux plissés, fouillant les images que sa mémoire lui renvoyait. Tu étais l'officier principal du cacique. Oui, je me souviens de toi, moi aussi. Tu n'as guère changé. Si ce n'était de ces peintures de guerre que tu arbores, je t'aurais reconnu sans peine.

L'Indien fit une moue que je ne pus interpréter quand il répliqua :

---

1. Voir le tome 1, *Pirates – L'Île de la Licorne.*

— Toi, vieux. Gros. Difficile reconnaître.

L'expression de Cape-Rouge, quant à elle, fut facile à qualifier : ironique et fataliste.

— Voilà qui me convainc que tu n'as point été promu diplomate.

Le cannibale s'avança tour à tour vers chacun de nous pour mieux nous détailler. Hormis Joseph qu'il reconnut peut-être, il ne nous étudia guère plus de temps que nécessaire pour s'assurer de je ne sais quel détail ou simplement pour afficher son autorité. Ses hommes, immobiles, continuaient d'exercer sur nous une vigilance muette, sans afficher d'émotions autres que l'étonnement.

— Tu venir pour cacique ? demanda Oualie une fois de retour devant Cape-Rouge.

— Oui.

L'officier cannibale tapait le bout de sa *machana* contre sa paume senestre en un tic qui trahissait son agitation nouvelle. Notre capitaine n'était point dupe. Ressentant à son tour croître une certaine anxiété, il demanda :

— C'est toujours… lui ?

Le cannibale ne répliqua point, se bornant à étudier fixement Cape-Rouge dans les yeux.

Au bout de plusieurs secondes, il eut un geste de la *machana* à l'égard de ses guerriers et ordonna :

— *Cayiman !* Allons-y !

Silencieux, les Naturels refermèrent le cercle derrière nous et, à la suite de leur supérieur, nous quittâmes la berge pour nous fondre dans les profondeurs de la forêt.

Nous formâmes une ligne pour pénétrer la frondaison à la queue leu leu. Nous suivions une sente discrète, à peine visible au milieu des buissons drus, des troncs moussus, des branches torsadées, des lianes et de la ramée qui se refermait au-dessus de nos têtes ainsi qu'un couvercle végétal. Les cannibales s'étaient fondus dans notre groupe de manière à ce qu'un guerrier se trouvât entre chacun de nous, nous empêchant ainsi de regrouper nos forces si, par quelque traîtrise, l'idée nous était venue de les attaquer en cours de marche. Par un simple hasard, je me trouvai le dernier de notre équipage et, en me retournant, je notai que vingt, vingt-cinq, sinon plus encore de Naturels, tous armés, fermaient le cortège. En mon for intérieur, j'implorai tous les saints — qui fussent encore indulgents pour mes crimes — de faire en sorte que notre capitaine ne nous eût point engagés dans quelque entreprise suicidaire.

Après une bonne heure à suivre un terrain qui grimpait sans cesse en direction des villages — dont nous avions aperçu les feux, les nuits précédentes —, nous atteignîmes enfin un terrain plus dégagé où se devinaient des traces d'activités humaines. Le premier bourg que nous abordâmes ne différait guère en ses dispositions de ceux que nous connaissions déjà en d'autres lieux, fussent-ils taínos, tupinambás ou autres. De petites cases faites de rondins et surmontées de feuilles de palmiers en guise de toiture entouraient une maison beaucoup plus grande, appelée *tabouï*, qui délimitait à la fois le centre de la place et celui de la vie communautaire. À la différence des agglomérations d'Amériquains que nous connaissions déjà, nous repérâmes des crânes humains qui servaient à marquer — ou à décorer — l'entrée des aires communes.

Avec autant d'appréhension que de curiosité, des villageois, femmes, enfants, vieillards, tous nus à part certains qui arboraient un carré de gossapin à la hauteur du sexe, regardaient passer notre procession, figés dans l'attitude de l'activité qu'ils exerçaient au moment de notre apparition. Quelques

petiots plus hardis que d'autres s'appro-
chaient de temps à autre en tendant la main
afin de toucher nos hardes, mais ils étaient
vitement rattrapés par leur mère ou écartés
par les guerriers qui nous accompagnaient.

Nous traversâmes le premier village sans
nous arrêter, sans que les guerriers démon-
trassent quelque familiarité que ce soit envers
les habitants, sans que personne n'échangeât
la moindre parole, tant les Naturels que
nous. Nous parcourûmes encore pendant
plus d'un coup un chemin qui n'en finissait
point de grimper.

— Là, Kairi, annonça enfin Oualie dont
la voix portait jusqu'à moi.

La forêt s'ouvrit de nouveau, mais, cette
fois, ce fut pour révéler un village au moins
deux fois plus grand que le premier, aux
cases deux fois plus nombreuses et au *tabouï*
si imposant que sa façade devait s'étendre
sur dix toises et sa profondeur, sur le double.
Les guerriers nous dirigèrent vers ce bâtiment
déjà entouré de tant de villageois qu'on eût
dit que tous les habitants de l'île s'y étaient
baillé rendez-vous pour nous voir arriver.

Nous nous regroupâmes près de l'entrée,
toujours armés, mais entourés de si près qu'il
ne nous eût point été possible de tirer l'épée

sans aller au massacre. Le portail était constitué de feuillage mêlé de gossapin et, pour y accéder, il fallait passer entre six poteaux peints de dessins et surmontés de crânes humains. Ces derniers, à hauteur d'homme, devaient servir depuis de longues années à ornementer les accès du *tabouï* tant les os étaient blanchis de soleil.

— Toi reconnaître eux?

Oualie, une main sur l'un des crânes, s'adressait à notre capitaine. Celui-ci ne quitta point le cannibale des yeux.

— Je devrais?

— Eux pirates avoir tué Kairi, ancien cacique.

Cette fois, Cape-Rouge baissa le regard sur les têtes, scrutant les temporaux, les occiputs, notamment parmi les os fracassés, comme s'il cherchait là ceux dont il aurait été en mesure de se souvenir. Il en repéra un qu'il désigna du menton.

— Je me rappelle que le capitaine Doublon d'Or a succombé à un coup de *boutu* à la tempe. C'est lui?

Oualie approuva du chef. Puis, il indiqua un crâne à l'arcade sourcilière fêlée et aux dents cassées.

— Lui, costaud, géant. Te souvenir?

— Gros-Dos, oui. Il vivait toujours quand j'ai quitté l'île.

Le Naturel caressa les os blanchis en esquissant à demi une moue qu'il ne termina point. Un sourire flou se dessina au milieu de son maquillage lorsqu'il dit:

— Nous, célébrer victoire. Grande cérémonie.

Il fixa notre capitaine dans les yeux avant de conclure:

— Manger lui.

Les Naturels nous obligèrent à déposer nos armes en tas sur le sol. Puisque notre capitaine n'opposa aucune résistance, nous nous résolûmes à obéir. Épées, dagues et pétrinaux s'entremêlèrent en un monticule près de l'entrée du *tabouï*. À mesure que nous nous exécutions, nous osions à peine nous regarder dans les yeux, craignant sans doute d'y lire une peur que nous ne voulions point découvrir chez l'autre.

Ce fut à ce moment-là que je la remarquai pour la première fois.

Je ne sais depuis combien de temps elle me considérait en silence, au milieu des autres enfants qui observaient notre bande de pirates en rigolant. Elle n'avait guère plus de treize ans et s'était approchée de nous au plus près qu'il lui était possible avant que ne l'arrêtât la masse de guerriers qui nous encadrait. Nue comme au jour de sa naissance, sans pudeur aucune, elle m'attira non tant par les formes de son anatomie que par la lumière qui émanait de ses yeux. Lorsqu'elle s'avisa que je l'avais remarquée, elle me sourit. La beauté dont elle me parut alors accéléra les battements de mon cœur au point que je m'en sentis étourdi.

Intimidé, je détournai le regard pour feindre de m'intéresser à Oualie et à Cape-Rouge qui continuaient de s'entretenir dans l'entrée du *tabouï*. Lorsque je reposai les yeux sur elle en affectant de le faire machinalement, elle me souriait toujours. Je m'approchai à mon tour jusqu'à ce que les torses puissants de deux guerriers et leurs zagaies entrecroisées m'empêchassent de poursuivre. Mais je me trouvais déjà si près d'elle que, pour caresser son visage, je n'aurais eu qu'à tendre les doigts.

— *Câte bíri ?*

Sa voix roulait comme le ruisseau entre les cailloux. Voyant que je restais muet à l'observer comme un imbécile, elle répéta :

— *Câte bíri ?*

Puis, plaçant une main sur son buste, elle dit « Anahi » avant de demander pour une troisième fois :

— *Câte bíri ?*

— Elle s'informe de ton prénom.

Je tournai la tête vers Urbain qui venait de poser une main sur mon épaule. Il cherchait à m'entraîner avec lui à la suite de nos compagnons ; Cape-Rouge pénétrait dans le *tabouï* en compagnie d'Oualie.

— Elle s'appelle Anahi. Viens, tu auras le temps de la retrouver plus tard.

— Lionel, dis-je, l'indice sur la poitrine, en me laissant entraîner par Urbain. Lionel.

Elle souriait encore et toujours lorsque le rideau de gossapin et de feuillage se referma sur moi.

Ce n'était point qu'il fît si sombre à l'intérieur du *tabouï*, mais la lumière du dehors dardait avec tant de violence que mes yeux mirent un moment à s'accoutumer. Hormis les mouvements flous de mes compagnons et de la douzaine de guerriers autour de nous, je commençai d'abord par distinguer les rondins des solives de plafond qui nous surplombaient. Au-dessus de ceux-ci, le toit s'élevait à telle hauteur que les trous centraux paraissaient minuscules ainsi que des étoiles. Peu à peu, je repérai des murs qui divisaient le bâtiment en plusieurs pièces, mais la plus grande était sans conteste celle dans laquelle nous venions de pénétrer. Adossée à une cloison de tronches minces tressées de manière étroite, une chaise imposante se devinait, habillée de fourrure, décorée de plumages et de fleurs. Un trône! Il reposait sur un tapis de roseaux qui avançait jusqu'à l'entrée en courant sous nos pieds.

De chaque côté de la chaise se tenaient deux hommes peinturlurés et coiffés différemment des guerriers : des hommes-médecines. Ces derniers agissaient à la fois en tant que médecins, prêtres, conseillers du roi et sorciers. Comme je l'apprendrais plus tard, les cannibales les appelaient *bóyés*. Oualie s'approcha seul du trône tandis que ses guerriers se contentaient de nous entourer à quelques pas. À l'écart, de jeunes femmes nues opéraient à titre de servantes — s'il m'était donné d'en juger par les objets domestiques qu'elles s'échangeaient — tandis qu'une autre, ceinte d'un pagne orné de fleurs pour tout vêtement, cheveux montés en un chignon ornementé de plumes et d'un peigne, se tenait debout près des hommes-médecines en serrant la main d'une fillette dans la sienne. Rien n'indiquait qu'elle fût de quelque noblesse, mais elle nous observait avec intensité et hauteur.

Sur le trône, la silhouette d'un homme se devinait, le cacique à n'en point douter, mais j'étais encore trop loin et mes yeux n'étaient point encore assez acclimatés à la pénombre pour que je le puisse détailler. Ce fut à sa voix que je l'estimai d'une certaine jeunesse — guère plus de vingt ans, moins de trente, en tout cas — et d'une autorité indéniable. Dès qu'il ouvrit la bouche, guerriers et servantes cessèrent tout mouvement.

— Je vous souhaite la bienvenue à Kairi, village maître de l'île d'Acaera, annonça-t-il dans un français irréprochable.

Je jetai un regard stupéfait à Urbain, mais ce dernier fixait l'homme en masquant ses émotions. La mante rouge de notre capitaine me frôla le visage quand celui-ci fit pivoter ses épaules afin de se glisser entre Santiago et moi ; il s'avança de manière à nous précéder tous de trois pas. Il tenait son chapeau entre ses deux mains, à la hauteur des cuisses.

Un long moment, il observa le cacique qui, me sembla-t-il, se plut tout autant à le scruter. Les deux maîtres gardaient le silence, car pour eux, c'était là manière de renouer avec un passé dont seul, parmi nous, Joseph pouvait partager le souvenir.

Puis, lassé, ou gêné par l'instant qui s'éternisait, le cacique fit ouïr sa voix une nouvelle fois.

— Oui, bienvenue à tous, répéta-t-il… particulièrement à toi, oncle Armand.

8

Mes compagnons et moi fûmes dispersés dans tout le village, chacun de nous attribué à une famille de Caraïbes — ou Kalinagos, comme ils préféraient qu'on les nommât — où l'on prit soin de nous. Pendant ce temps, notre capitaine, Cape-Rouge, ainsi que notre chirurgien attitré, Joseph, demeurèrent dans le *tabouï*, là où le cacique d'Acaera tenait son domicile. Une rencontre plus intime eut lieu entre eux, non point dans la partie qui servait de salle commune aux villageois, mais dans les quartiers royaux.

— François.

Le cacique avait quitté son trône depuis un moment afin d'examiner de plus près ses anciens compagnons de navigation. Il n'affichait plus rien de ses origines chrétiennes, vivant nu ainsi que le peuple sur lequel il régnait, la peau peinte de rocou, les cheveux longs, la barbe rasée, des bracelets de plumes et des bijoux en or pour parure, ayant même troqué le crucifix des moines qui l'avaient éduqué pour des *zemís* de païens pendus à son cou. Il avait forte carrure et bonnes épaules, des bras qu'on devinait puissants, un torse développé ; on sentait chez lui la force, l'adresse et la souplesse du guerrier au sommet de sa vitalité.

Sur ses fesses, masqués en partie par le rocou, se devinaient toujours les tatouages grossiers révélant ses origines et son héritage. Il y a longtemps, le pirate Doublon d'Or s'était laissé tromper par leur signification[1].

— François, répéta Cape-Rouge comme s'il ne parvenait point à se convaincre que l'homme qui se trouvait devant lui était ce mousse qu'il avait autrefois côtoyé, trahi, côtoyé de nouveau, trahi encore, avant de lui sauver la vie. Ce mousse qui, en contrepartie, lui avait permis de devenir capitaine de l'*Ouragan*, amorce de sa carrière d'écumeur dans les eaux du Pérou et qui lui avait donné l'occasion de s'improviser maître de toute une collectivité sur une île cachée du nom de Lilith.

— Oncle Armand.

— Te voilà un homme, ma parole. Quel costaud !

1. Voir le tome 1, *Pirates – L'Île de la Licorne*.

Le cacique, sans plus sa cour autour de lui, avait abandonné toute attitude par trop protocolaire. Il avait congédié ses *bóyés*, ses hommes-médecines, pour ne garder auprès de lui qu'Oualie, son fidèle *ouboutou*, la jeune femme et la fillette, ainsi que les servantes qui continuaient d'œuvrer en sourdine dans les différentes pièces.

— Et toi ? Un sultan, vertudieu ! Quelle panse ! Tu te vautres dans des coussins et ne manges désormais que gâteaux et friandises ?

L'hilarité de Cape-Rouge sonnait à moitié faux.

— J'avoue que j'ai profité de quelques années d'aisance. Mais ne crois point que je serais facile à coucher en combat singulier, jeune fat.

Le roi éclata de rire avant de se tourner vers notre médecin.

— Et toi, Joseph. Mon bon Joseph. Comme je suis aise de te revoir.

— Excel… lence, Votre Grâce… balbutia l'ex-gabier qui ne savait trop comment s'adresser à son ancien compagnon.

Le cacique le prit dans ses bras et serra le corps maigre contre son torse musclé.

— Je t'en prie, vieux frère, appelle-moi François.

— Oui, Votre… François.

Ils échangèrent un long regard mouillé, les mains sur les épaules de l'autre, absorbant chacun l'émotion des retrouvailles. Puis, comme s'il se rappelait soudain leur présence, le Kalinago pivota à demi pour désigner de la main la femme et la fillette à l'écart.

— Armand, Joseph, permettez-moi de vous présenter Iríria, à la fois ma petite-cousine et mon épouse. Près d'elle, ce petit bout de sucre de cinq ans est ma fille, Oüacálla. Son prénom signifie « aigrette blanche ». Ça rappelle la part de ses origines venue du vieux monde.

— Ta femme est ta petite-cousine? s'étonna Cape-Rouge.

— En respect de certaines traditions, répliqua le cacique, et puis…

Il jeta un coup d'œil rapide à Oualie avant de poursuivre:

— Et puis, il y a un peu de politique.

— Politique?

— C'est la sœur de Hiroon.

À l'énoncé du nom de son frère, Iríria parut prêter davantage intérêt aux visiteurs.

Ignorant la langue, elle tentait d'interpréter la portée de la confidence en fonction de leurs expressions.

— La sœur de Hiroon? La sœur de celui qui… balbutia Cape-Rouge.

— Celui qui a tenté de me ravir le trône, oui. Mon petit-cousin que j'ai tué.

Le cacique tendit un bras vers son épouse afin de l'inviter à s'approcher. Elle s'exécuta, tenant toujours sa fille par la main. Cape-Rouge et Joseph, même s'ils la détaillèrent de plus près et avec plus de soin, ne lui trouvèrent guère de traits qui l'apparentaient au chef rebelle: point de face de dogue ni de nez camus, point d'arcades sourcilières proéminentes ni d'yeux mauvais. Une simple fille bien mise, un peu enrobée, vingt, vingt-deux ans, ni laide ni jolie. En l'accueillant près de lui avec une main sur sa taille, le cacique reprit à l'égard de ses visiteurs:

— En épousant la sœur de Hiroon, je respectais la tradition des épousailles avec le cousinage et j'offrais à la descendance de ma grand-tante Alliouagana ce que mon père lui avait soutiré: le caciquat d'Acaera. Ainsi, j'ai étouffé tout désir des anciens rebelles de me combattre ou de porter atteinte à ma lignée. Oüacálla, ma fille aînée, mais aussi

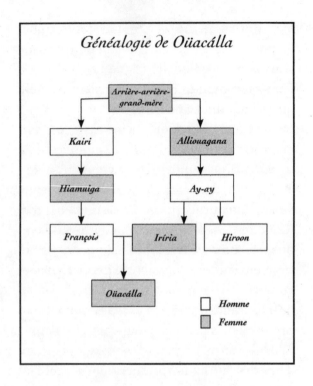

Généalogie de Oüacálla

l'arrière-petite-fille de la grand-mère de Hiroon, portera un jour mon petit-fils, héritier du caciquat, ainsi que le veulent nos coutumes. Puisque je n'ai ni frère ni sœur, personne ne viendra contester ce patrimoine.

— Ouf! Elles ne sont point simples, vos traditions.

— Et tu crois que les héritages des princes du vieux monde le sont? Ceux de Charles

128

Quint, par exemple — il est toujours empereur, si? —, qui règne sur un empire si vaste,
si disparate, qu'on ne sait plus par quelle
branche familiale il a hérité de telle couronne
ou de tel duché? Et les filiations de vos
cardinaux et papes qui s'échangent les pri-
vilèges entre fils et neveux comme si la
sainteté et les paroles du Christ se transmet-
taient par la parentèle et non par le mérite?
Et les conflits qui opposent les chrétiens entre
eux? Français catholiques contre Français
protestants, ou catholiques liés aux mahomé-
tans ottomans pour combattre Italiens et
Espagnols. Papistes contre huguenots, papalins contre parpaillots. Elles ne sont point
simples non plus, vos traditions!

Et le cacique éclata d'un rire si énorme
que se désamorça incontinent une ambiance
qui avait tout à coup semblé se charger
de tension. Le détail qui n'échappa ni à
Cape-Rouge ni à Joseph fut que le cacique
employait le déterminant «vos» au lieu de
«nos», confirmant la rupture qu'il avait
choisi de faire entre lui et le monde des
Blancs.

— Mais allez! lança-t-il en prenant Cape-
Rouge par l'épaule pour l'inviter à le suivre
dans l'angle de la pièce où les servantes

finissaient de servir des *canális** d'*ouicou**, des pipeaux et des feuilles de *tabacu*. Pétunons ensemble afin de célébrer votre visite.

— *Banari*!

Il s'appelait Baccámon. Plutôt malingre, avec des yeux globuleux d'iguane, le nez tel un bec de toucan tant par la forme que par les couleurs peintes, il était notre hôte, à Santiago et moi. Il nous avait accueillis avec une joie manifeste, ne cessant de s'assurer de notre bien-être, nous offrant à manger et à boire de manière continuelle, *couac*, cassave et *sispa*, qui étaient semoule, pain et gâteau, tous faits de *kiere*, un tubercule qu'ils cultivaient et que les femmes nommaient « *kai* » — car celles-ci ne semblaient point nommer les choses de la même manière que les hommes, ce qui pour nous était mystère. En d'autres lieux, j'avais ouï appeler « yucca » et « manioc » ces mêmes racines. Les fruits les plus délicats de l'île nous étaient aussi offerts, notamment cet *eyyoua* ou ananas que je n'avais onques goûté et qui me ravit le palais. La viande se détaillait en tortue, iguanes, agouti, crabes et poissons de toutes sortes. C'était là la base de leur alimentation et non point la chair humaine, comme nous le supposions dans notre ignorance.

— *Banari !*

Baccámon me présentait une tige de canne à sucre afin que, à son exemple, je la mâchouillasse. Après que je l'eus acceptée, il présenta un plant semblable à Santiago.

— *Banari ! Caniche !*

Compère, ami. C'était la traduction de ce terme «banari» dont il nous affublait tous deux. Onques il ne nous appelait par nos prénoms, quoique nous les lui ayons maintes fois répétés, et il insistait pour que nous dissions *banari* également. Il en était de même de tous nos compagnons avec leur hôte respectif. *Caniche* était l'appellation pour «canne à sucre».

Baccámon me semblait sympathique, mais point autant qu'à Santiago qui se plaisait à pétuner avec lui tellement qu'ils finissaient tous deux par ressembler à des fumoirs à poissons. Ils partageaient également leurs costumes, c'est-à-dire que Baccámon se pavanait en serge grossière alors que Santiago allait torse nu, les pectoraux peints de rocou — ce qui ne manquait point de les faire s'esclaffer tous deux.

Pendant ce temps, Banna, la femme de Baccámon, héritait de toutes les corvées, de l'entretien du jardin au transport de l'eau, de la cueillette des fruits à celle du bois de cuisson, traînant avec elle, pour ajouter à sa peine, un enfant de deux mois cramponné à son sein. Heureusement, pour l'assister en ses tâches, nettoyer la case, filer le coton et tenir cuisine, détoxifier le *kiere*, extraire le *toucoupi* et cuire la cassave, il y avait sa fille aînée, Anahi.

Anahi.

Je ne sus onques si d'elle ou de son père vint l'insistance de m'accueillir en leur demeure, mais le fait était que je me trouvai près d'elle de longues heures à tenter de converser. Nous nous exprimions par des mimiques faites avec les yeux, les sourires et les mains, moi replié dans un coin à l'ombre pour mieux observer ses courbes, ou diligent autour de Banna afin de la décharger de ses faix, m'attirant dès lors regards de gratitude et expressions satisfaites.

— *Acquieto*, m'invita Anahi à un certain moment où je m'efforçais de lui expliquer mon travail à bord de l'*Ouragan*. *Acquieto*.

Elle me tirait par la main afin que je la rejoignisse sous l'ombre d'un sycomore.

Santiago et Baccámon, à l'écart avec d'autres villageois, nous observaient en pétunant. Urbain se trouvait parmi eux en compagnie de Vernois et de Grenouille — tous trois, à l'image de Santiago, exhibaient leur torse peinturluré au rocou; leurs hôtes paradaient en hardes sales. Près du foyer au centre de la cour, Banna préparait les fagots pour faire cuire le souper.

— *Acquieto.* Viens.

Je m'assis près d'Anahi. Mon épaule touchait son épaule et, même à travers l'étoffe de ma chemise, je sentais sa peau douce ainsi que la mantille d'une Espagnole.

— *Arícae*, dit-elle en désignant de l'indice mon oreille. *Alloucourába arícae.*

Je lui souriais bêtement, incapable de saisir le moindre mot de ce qu'elle attendait de moi.

— Présente-lui ton oreille!

Urbain avait posé sur ses jambes repliées le pipeau à fourneau dans lequel brûlait le *tabacu.* Au milieu de la fumée, il m'observait avec le même intérêt que Santiago et Baccámon. Je dressai les sourcils en manière d'étonnement. Mon compagnon précisa:

— Elle veut que tu approches ton oreille.

— Pourquoi?

— Qu'est-ce que j'en sais, moi? Obéis. Elle n'y croquera point.

Tandis que mes frères de navigation éclataient de rire, je revins poser les yeux sur Anahi. Elle continuait de me sourire avec bienveillance. Résigné à devenir sujet de risée de la part de mes camarades qui continuaient à guetter la scène, je penchai le côté de la tête vers ses lèvres tendues. Alors que je m'attendais à recevoir un mordillement, peut-être un baiser, à mon plus grand étonnement, elle cracha dans mon trou d'oreille.

Je reculai malgré moi, mais elle saisit aussitôt mon visage entre ses mains pour l'approcher du sien. Sans perdre son sourire bienveillant, elle dit:

— *Tallába ioúma.*

— Ouvre la bouche, interpréta Urbain qui n'avait point encore repris son pipeau de pétun.

Sourcils froncés, je m'exécutai. Anahi cracha cette fois directement sur mes dents et ma langue et, si je ne pus empêcher mon nez de se plisser de dégoût, je parvins à éviter de rejeter sa salive au sol. J'aurais peut-être ainsi commis un impair.

— *Toulaátibou lírocon?* demanda-t-elle. *Icógne.*

— Mais qu'est-ce que tout ça signifie? m'informai-je à Urbain, mi-intrigué mi-irrité.

— C'est une croyance de ces Naturels, répliqua mon compagnon. Ils se figurent que s'ils crachent dans nos oreilles, nous entendrons mieux leur langue et que s'ils crachent dans nos bouches, nous apprendrons plus rapidement à la parler. Tu as l'heur d'avoir subi l'expérimentation de cette jolie garce, et moi, de mon côté, c'est mon hôte qui m'a demandé de cracher dans sa bouche afin qu'il apprenne à parler français. Je présume que Baccámon voudra enseigner la même chose à Santiago.

— ¡No quiero! Hé, hé! s'exclama notre brave strabique dont les ricanements nerveux juraient souvent avec son expression. Je ne veux point. Hé, hé! ¡No quiero!

— Mort-Diable! s'écria Grenouille en désignant Anahi du bout du pipeau qu'il venait de recevoir des mains de son hôte. Qu'un minois plaisant comme celui-là me propose épreuve de la sorte et j'apprendrai jusqu'au grec et au latin.

Et, quand toute ma fratrie de l'*Ouragan* éclata d'un rire simultané et fort bruyant, je rougis autant que si j'avais, comme eux, le corps couvert de rocou. Sur-le-champ, même s'ils ne comprirent point, nos hôtes kalinagos imitèrent mes compagnons en se tapant sur les cuisses, et ni Anahi ni moi n'osâmes plus nous regarder dans les yeux.

N'A-Qu'Un-Œil, les deux mains appuyées au garde-fou du château de poupe, observait le travail des hommes sur le pont de l'*Ouragan*. Ce n'était point parce qu'on avait empanné le galion que les hommes profiteraient du farniente. Même à l'ancre, le travail ne manquait point sur un navire : épisser les câbles, ravauder les voiles, entretenir les manœuvres, débarrasser les soutes de leur vermine et même, à défaut d'être en cale sèche, profiter des marins qui savaient nager pour détacher les bernicles des œuvres-vives. Ce nouvel équipage devait se faire à la main du second de Cape-Rouge et, en dehors des combats, rien de tel que les corvées pour occuper les esprits, éviter les conflits internes et maintenir la discipline.

— On va faire de l'eau ?

Robert, notre coq, le jumeau du timonier Philibert, avait quitté la cale où était encastré le foyer en briques des cuisines pour rejoindre le pont. Il avait ôté le foulard qu'il nouait généralement autour de sa tête pour éviter à ses cheveux trop longs de tremper dans la soupe et une ligne bien nette se démarquait entre son front blanc et sa figure noircie par la fumée de cuisson. Si les traits de son frère étaient brossés de longueurs, tout était rond chez Robert : le visage, les yeux, le nez, la silhouette… Il ressemblait à un gros bébé mafflu — un poupard avec une moustache brouillonne, s'entend — et qui hurlait des obscénités chaque fois qu'il montait à l'attaque, un long couteau de cuisine en guise de sabre.

— Pourquoi faire de l'eau ? demanda N'A-Qu'Un-Œil. Les tonneaux sont vides, déjà ?

— On n'a point avitaillé à la dernière escale, alors les bestioles commencent à grouiller en surface. On a deux cas de dysenterie.

N'A-Qu'Un-Œil plissa le nez dans une moue contrariée. Silencieux, il pesa le pour et le contre en observant Poing-de-Fer et Main-de-Graisse qui remontaient de la grande écoutille avec un seau d'étoupe. Les suivaient trois nouveaux marins qu'ils instruisaient, car ceux-ci avaient notions de calfatage. En équilibre dans les haubans du mât de hune, Urael rajustait une poulie d'un palan de drisse ; on oyait les coups de marteau de Philibert qui enforcissait la mèche de gouvernail.

Le pirate borgne s'intéressa ensuite à celui qu'on appelait le Jésuite et qu'il apercevait à demi à travers l'ouverture laissée par une claire-voie déplacée. Vêtue de son éternelle bure de laine en dépit de la chaleur, la recrue graissait les pièces mobiles de la pompe à écoper. Les sentiments de N'A-Qu'Un-Œil à l'égard de ce nouveau venu divergeaient. L'homme était travaillant et énergique, discipliné et intelligent, et sa manière d'être avec les autres marins annonçait de la hardiesse et de la loyauté qui sauraient profiter à tous au cours des combats. Toutefois, cette manière qu'il avait de regarder ses interlocuteurs indisposait. On aurait dit qu'il jaugeait sans cesse ou plutôt… *appréciait* celui à qui il s'adressait. Mais peut-être n'était-ce qu'une impression parce qu'on disait de lui qu'il était inverti. N'A-Qu'Un-Œil n'était point dupe. Il savait bien que, souvent, la nuit, à la faveur de la sombreuseté*, dans l'intimité des entreponts, quelques marins, en se languissant des femmes, touchaient les mousses. Mais c'était là manière d'exception et, sitôt le navire à port, ces écarts étaient vitement oubliés entre les seins d'une garce. Ce qui stupéfiait le pirate était ces hommes qui — oh! il en avait déjà croisé —, bien qu'ils en eussent le choix, préféraient la compagnie des garçons à celle des filles. L'odeur des garçons à celle des filles. Savoir le Jésuite de ceux-là l'incommodait, mais pas au point de lui faire mépriser ses qualités.

— Alors, cette eau? s'impatienta Robert.

N'A-Qu'Un-Œil s'ébroua ainsi que le feignant surpris à dormir. Il répondit:

— Essaie de rabonnir le nécessaire pour deux jours encore, ordonna-t-il enfin. Si, d'ici là, le capitaine n'est point revenu, il faudra bien aller à terre. On trouvera une source.

Cape-Rouge, debout, l'épaule appuyée contre le tronc d'un *maubé* sur un terrain pentu, pouvait observer tout à loisir l'animation autour du *tabouï* en contrebas. À ses côtés, Joseph avait préféré se dégager un espace pour s'asseoir par terre. Avec les pieds, il avait dû déplacer un véritable tapis de petits fruits jaunâtres, de la taille d'une olive, mais plus longs et moussus aux extrémités. Ceux-ci continuaient de tomber de l'arbre chaque fois qu'un souffle de brise en agitait les branches.

Près d'eux, le cacique et son inséparable *ouboutou* leur tenaient compagnie.

— Oualie a appris le français afin que, lorsque la situation le requiert, nous puissions discuter entre nous sans avoir à user de codes secrets.

— Voilà qui est fort adroit, apprécia Cape-Rouge en souriant à l'officier kalinago. Je présume que François est pour toi un excellent maître, car il a toujours eu un don pour les langues étrangères.

Oualie, souriant à peine, répondit en inclinant le menton.

— Et toi? lança le cacique. Tu ne te débrouillais pas mal non plus en arawak. Tu le parles toujours?

Cape-Rouge fit une moue en hochant la tête.

— Oui, j'ai perfectionné mon savoir en cette matière. Ce qui me permet d'aboucher avec plusieurs peuplades du Pérou, car nombreux sont les mots qui se ressemblent et on finit toujours par se comprendre.

— Ainsi que le français comparé à d'autres parlers tels l'espagnol, le basque, le portugais, le toscan…

— C'est pareil, oui. L'un de mes hommes d'équipage est wayana. Et il y a Urbain que tu vois là-bas, le costaud avec les cheveux drus, il entend aussi assez bien les langues indiennes. On use souvent du même stratagème que toi quand on veut discuter sans témoin : on parle l'arawak. J'aimerais bien que N'A-Qu'Un-Œil, mon bosco, ait aussi ce don des idiomes. Dis-moi…

Cape-Rouge souleva son chapeau d'une main pour, de l'autre, gratter son crâne d'un mouvement énergique. Il gardait les yeux fixés sur l'animation en bas, un pli horizontal au-dessus des sourcils pour exprimer sa perplexité.

— Quand les femmes de ton village parlent, je les comprends beaucoup mieux que les hommes. Pourquoi ? C'est un accent ?

— Non. Elles ont une nature différente des hommes, alors elles usent d'une langue différente. Puisque tu entends mieux l'arawak des Taínos que le dialecte kalinago, tu entends mieux les femmes.

— Qu'est-ce que tu racontes ? s'étonna le pirate.

Le cacique éclata d'un petit rire sans joie.

— C'est là l'explication qu'on en donne. Toutefois, moi, je te dirai que c'est à cause des esclaves.

— Tu as des esclaves ?

— Nous les enlevons lors de nos raids contre les peuplements taínos. Nous détruisons les villages, volons les récoltes, tuons les hommes et gardons les femmes pour nous servir. Elles conservent les mots particuliers à leur dialecte, les transmettent à nos propres femmes kalinagos, et toutes finissent par entretenir cette manière de s'exprimer qui diffère de celle des hommes.

Cape-Rouge et Joseph, en silence, observèrent le cacique un long moment. Le roi de sang mêlé, après un rictus impossible à définir — sourire embarrassé ou expression de haine —, feignit de s'intéresser intensément à la fumée qui montait d'un boucan, à la sortie du village.

— François, intervint Cape-Rouge, cette nation, les Taínos, nous a secourus et accueillis pendant deux ans.

— S'ils avaient su que j'étais d'ascendance kalinago, ils m'auraient massacré.

Cette fois, le cacique vrillait ses pupilles dans celles de Cape-Rouge.

— Nos peuples sont ennemis, oncle Armand, tu comprends? Depuis tant de générations que nul n'a souvenance d'un temps où nous vécûmes en harmonie. Au même titre que, dans le vieux monde, s'entretuent Français et Anglais, Espagnols et Maures, Italiens et Ottomans…

— François?

Près du *maubé*, l'air se tendait par à-coups, de manière sensible, ainsi qu'une drisse sous l'impulsion du palan. Cape-Rouge demanda:

— C'est vrai qu'il y a eu cérémonie pour célébrer la victoire sur l'équipage de Doublon d'Or?

— Oui.

— Une cérémonie où les Kalinagos ont mangé les vaincus?

— Oui.

— Tu as… tu as goûté à leur chair? celle de Gros-Dos?

À ses propres paroles, un frisson parcourut la nuque du pirate et, dans le frémissement de Joseph à ses pieds, il nota la même révulsion. Le cacique détourna les yeux et fit un mouvement de tête envers son *ouboutou* qui, craignant une réaction inadéquate des visiteurs, avait placé la main sur le manche de sa *machana*. Le roi dit :

— C'était la première fois que je participais à une cérémonie où l'on mangeait de la chair humaine. J'y ai pris part pleinement.

— Pleine... ment ?

— Tu ne peux point connaître la sensation que j'ai ressentie à manger le cœur de cet homme. Cet homme qui m'avait tant maltraité ! Tu ne peux point savoir la puissance qu'on éprouve, non point seulement à tuer un ennemi, mais à s'emparer de son être, à absorber sa chair, à le détruire si entièrement qu'il se retrouve prisonnier à jamais du corps du vainqueur. On en conçoit une victoire totale, une intense finalité au triomphe. De plus, on profite des qualités qui ont fait de votre ennemi un adversaire si détesté : son ambition, sa force, son courage. Tout coule en soi, se fond, s'amalgame à notre propre mérite et on devient plus grand, plus fort. Meilleur.

— Meilleur ?

— À partir de cet instant, j'ai compris que j'étais *vraiment* né de ce peuple.

— De la chair humaine, François ! Tu es devenu une bête !

D'une main vive et forte, le cacique empoigna la mante de notre capitaine et l'obligea à le fixer dans les yeux, plus près d'un pas.

— Et toi, oncle Armand ? De simple larron, te voilà devenu assassin et revanchard. Aurais-tu autrefois consenti aux atrocités qui sont devenues monnaie courante dans tes agissements ? Ni toi ni moi n'étions pirates jusqu'à ce que les circonstances nous y poussent. La vie est ainsi faite que si les vils peuvent s'amender et prétendre à mener une vie honorable, à l'inverse, les autres, les citoyens ordinaires, marchands ou marins, ainsi que nous l'étions alors, peuvent finir par s'accoutumer aux pires abominations si tant est que cela les sert.

— Jamais je n'estimerai la chair humaine ainsi qu'un vulgaire hachis de viande.

— C'est exactement ce que tu fais, chaque fois que tu montes à l'abordage.

9

Yuisa, ce matin-là, fut réveillé non point par l'aube naissante comme c'était coutume, mais par une agitation inhabituelle venue de la piste menant aux portes de Virgen-Santa-del-Mundo-Nuevo. Il se leva sur son séant, s'empara de son couteau de silex et le noua à sa taille à l'aide d'une cordelette. Il entrouvrit prudemment le drap qui servait de porte à sa hutte de branchages et, ne décelant aucun mouvement dans les fourrés baignés de la lumière des étoiles, quitta son abri. Son corps nu frissonna les premières secondes, mais se réchauffa dès que le Taíno eut couru le nombre de pas le séparant des buissons bordant la piste. Là, une colonne de *yares* blancs et d'esclaves tupinambás, tenant des torches à bout de bras, quittait les fortifications de la cité pour s'enfoncer dans la gueule noire de la forêt.

«Quatre fois plus de Blancs et six fois plus de Naturels que j'ai de doigts aux deux mains, songea-t-il. Une autre expédition devers cette chimère qu'est la cité d'or. »

En son for intérieur, il sentit une certaine gaillardise le gagner, surtout lorsqu'il reconnut à la tête de l'importante colonne le plus cruel de tous les *yares*, celui dont les yeux semblaient polis ainsi qu'une lame : le *capitán* Luis Melitón de Navascués.

Grenouille et Vernois, debout dans la *piragua* au risque de la faire se retourner, agitaient les bras à la fois en signe de salutation et d'excitation. Trois embarcations arrivaient en direction du galion, chacune menée par une dizaine d'Amériquains, ce qui avait déclenché une alerte. Les pirates, armés d'escopettes et d'arquebuses, d'autres à la culasse des pierriers, s'étaient disposés en position de défense, jusqu'à ce qu'Urael d'abord, N'A-Qu'Un-Œil ensuite, reconnussent leurs compagnons.

— Rangez vos fusils, bougres d'hystériques ! cria Grenouille, les poings sur les hanches. Vous voyez bien qu'on amène des invités.

N'A-Qu'Un-Œil aida lui-même ses compagnons à enjamber le bastingage en haut de l'échelle de coupée. Rires gras et tapes dans le dos agirent en manière d'accueil et de réjouissances. On calma les effusions quand cinq Kalinagos, sous la conduite d'un *oubou-tou* nommé Mana, gagnèrent le tillac à leur tour. Pour montrer leurs intentions pacifiques, ceux-ci ne portaient ni arc ni zagaie, qu'un coutelas de silex dans une gaine à la taille. En retrait, bras croisés sur la poitrine, Urael les fixait avec intensité. Depuis deux jours que le navire mouillait au large de l'île, il s'était peint aux couleurs des Wayanas. Mana et ses hommes ne manquèrent point de le repérer, mais puisqu'ils avaient été avisés de sa présence et que ce guerrier venu des terres bordant la limite des mers était allié des Blancs, ils n'avaient point à s'en préoccuper.

— Comment ça se passe, là-bas ? demanda N'A-Qu'Un-Œil à ses deux matelots en les entraînant avec lui au pied du château de poupe. On a un peu craint pour vos vies, la nuit dernière, avec ces grands feux et ces battements de tambour. On croyait que les Sauvages se régalaient de vos chairs.

— C'était seulement une fête en notre honneur, répondit Grenouille, ne t'en émeus point. On est accueillis en amis. Le cacique est aussi blanc que nous, parle français mieux que le roi Henri II et, qui plus est, se trouve compère avec notre capitaine.

— J'ai cru comprendre qu'ils étaient de même parentèle, ajouta Vernois, puisque le cacique appelle Cape-Rouge « oncle Armand ».

— Ce Cape-Rouge m'étonnera toujours, souffla le maître en second posant une main distraite sur son cache-œil comme s'il le voulait mieux replacer. Il connaissait déjà Urbain au moment de leur première rencontre, maintenant un cacique cannibale… C'est à croire qu'il sillonnait le Nouveau Monde avant les Espagnols.

D'un mouvement de tête, Grenouille désigna l'*ouboutou* qui les accompagnait.

— Ce capitaine des Sauvages s'appelle Mana, dit-il. Nous sommes ici pour prendre un cadeau à remettre au cacique. Il nous faut ensuite retourner sur l'île.

— Quel cadeau ?

— Trois arquebuses parmi les plus belles que tu trouveras dans le butin de Tourtelette.

Il faudrait aussi un peu de pulvérin, de la poudre noire, des balles…

— Les Indiens vont se joindre à nous pour attaquer Virgen-Santa-del-Mundo-Nuevo?

— On est encore loin de le savoir. Cape-Rouge et Joseph affriandent le cacique, s'efforcent de le convaincre de nous suivre, mais le coquin se laisse désirer. D'ailleurs, ce soir, afin de savoir quelle décision ils prendront, les sorciers interrogeront leur dieu — que je pense personnellement être le diable — puis, après-demain soir, toute l'île prendra part à une grande cérémonie qu'ils appellent un *courana ouiycou*.

— C'est une forme de *caouynage**, renchérit Vernois d'un terme français peu usité, croyant rendre l'explication plus claire.

— Vous avez de ces mots depuis que vous fréquentez les Sauvages! railla N'A-Qu'Un-Œil. Ça signifie quoi, tout ça?

Grenouille éclata de rire, ses mains aux doigts palmés posées sur son ventre plat.

— Que c'est prétexte à faire carrousse!

— Présentement, les femmes sont à préparer l'*ouicou*, le vin de cassave, ajouta Vernois.

— On y participera, nous aussi ? demanda N'A-Qu'Un-Œil.

— Désolé, trancha Grenouille en reprenant son souffle. Les ordres du capitaine sont stricts : tu restes ici pour continuer à veiller sur notre bon vieil *Ouragan*.

— L'eau commence à pourrir ! protesta le maître en second d'un air vaguement boudeur. Faudrait en faire sur l'île ; faudrait aussi des fruits, de la viande…

Du pouce, Grenouille désigna l'*ouboutou*.

— C'est prévu. Ce brave Mana accompagnera tes hommes à terre, le temps de vous approvisionner en eau et en fruits. Pendant ce temps, lui et ses hommes vous chasseront quelques pécaris, agoutis et autre gibier dont cette île abonde.

— Mais que font-elles ? C'est dégoûtant !

Je désignais à Urbain et Santiago un groupe de femmes qui, réunies autour de gros *canális* d'au moins un muid, mâchouillaient de la cassave avariée. Tout en papotant, elles recrachaient leurs lippées dans l'eau au fond des récipients où la pâte s'accumulait.

À intervalles réguliers, l'une d'elles brassait le tout à l'aide d'un bâton en guise de louche.

— Elles nous préparent le vin de cassave, répliqua Urbain avec une expression qui traduisait tant l'amusement que la répugnance. C'est pour le *caouynage* que nous ferons dans deux jours. Quand elles seront lasses de mâchouiller, elles ajouteront de l'eau et laisseront mijoter la mixture le temps que se forme une écume et que se distille l'alcool.

— Pouah! Et vous allez boire ça?

— Hé, hé! ricana Santiago comme à l'accoutumée. Pourvu qu'il y ait alcool, moi… Hé, hé!

— Et toi aussi, tu boiras, m'avisa Urbain. Ce serait grand outrage à nos hôtes de ne point accepter de partager l'*ouicou*.

— Plutôt mourir.

— C'est ce qui risquerait de nous arriver à tous, alors point de lourderie.

— Hé, hé! Pense à cette jolie *muchacha* qui te fait les yeux doux. Dis-toi que c'est te cracher dans la bouche autrement. Hé, hé!

— Santiago! Tu es répugnant!

Quand le soir fut tombé, tandis que Santiago et moi en étions encore à remercier

Baccámon du souper qu'il nous avait offert
— même si ce furent Banna et Anahi qui
souffrirent tout le travail —, Cape-Rouge
m'attira à part.

— Je veux que tu nous accompagnes,
Urbain, Joseph et moi, dit-il à mi-voix afin
que n'ouïsse point Santiago. Nous sommes
conviés à une manière de sorcellerie pour
faire venir leur dieu dans le *tabouï*.

Je réprimai un frisson causé tant par
l'excitation que par la crainte.

— De la sorcellerie?

— Quelque diablerie d'Indien, oui. Le
dieu en question, les *bóyés* l'appellent
«Chemíjn». C'est lui qui leur commandera
de nous appuyer ou non dans notre guerre
contre le *capitán* de Navascués. Je veux que
tu assistes au rituel.

— J'aurai un rôle particulier à jouer, capitaine?

Il fit une moue en haussant les épaules
avant de répondre:

— Non point. Ils ont demandé de n'avoir
que trois hommes en ma compagnie et je t'ai
choisi.

Il repoussa sa mante qui avait tendance
à retomber devant lui et poursuivit:

— Qui sait de quel enfer ils ouvriront les portes avec leurs invocations et leurs chants païens. Un jour, quand le Jésuite aura fini de t'instruire sur l'art d'écrire, tu pourras noter ce que tu auras vu. Qui sait ? Si on apprend à user de leur magie, on retrouvera peut-être un autre domaine telle Lilith.

— Surtout, ne toussez point, ni ne rotez, ni ne mouchez, ni ne crachez et encore moins ne pétez, compris ?

Le cacique, assis par terre avec la même humilité que nous, nous instruisait des directives à suivre lorsque Chemíjn, le dieu des Kalinagos, apparaîtrait. Nous prenions place à ses côtés, jambes repliées, talons sous les cuisses. Nous formions une seule ligne au centre de la pièce la plus sombre du *tabouï*, le capitaine, Urbain, Joseph et moi. Derrière nous, Oualie et Mana, les principaux *ouboutous*, avec quatre hommes sans armes, formaient une garde. Le cacique nous confia :

— Il existe un Chemíjn pour chacun de nous, ainsi que les chrétiens ont des anges gardiens. Lorsque l'un de nous tombe malade, on croit que cela est dû soit à Mápoya, l'esprit malin, soit à un Chemíjn puissant, par exemple celui d'un sorcier. Toutefois, il y a un Chemíjn principal qui a tiré les hommes du néant, et c'est lui que Jali, mon prêtre le plus important, fera venir ce soir.

Devant nous, deux *bóyés*, un homme et une femme dont je ne sus les noms, le corps enduit de cendres et accoutrés de plumes, soufflaient dans des flûtes faites d'os humains — venus de leurs ennemis sacrifiés. Ils jouaient sans discontinuer la même note inharmonieuse tout en effectuant une sarabande qui n'avait rien de gracieux, sautant et se contorsionnant, les seins lourds de la femme et les parties honteuses de l'homme allant dans toutes les directions. Nous ne distinguions point clairement leurs traits. La seule lumière qui nous parvenait était celle d'un feu minuscule sous un *hamaca* au fond de la pièce.

— Chemíjn descendra par le *tourar*, la mince ouverture que vous apercevez au plafond, murmura le cacique. Dès lors, il nous faudra faire l'obscurité complète. Quand il repartira, ce sera plutôt par cet autre trou que vous distinguez peut-être… là, vous voyez? À ras le sol, derrière le *hamaca*.

— Et les pots remplis de vin de patates et les feuilles de pétun? C'est pour Chemíjn, je suppose? ricana Cape-Rouge.

— Ne te gausse point, oncle Armand. Tu risques d'attiser une si forte colère de mes *ouboutous* derrière toi que je ne saurais plus garantir ta sécurité.

Je ne sus avec certitude si le cacique raillait ou non notre capitaine, toujours est-il que ce dernier se le tint pour dit. Pour alléger une atmosphère qui me parut se tendre, je désignai un point remuant dans la pénombre d'un recoin : un volatile attaché sur un poteau en guise de perchoir. Je demandai :

— Et l'oiseau?

— On l'appelle «*coribibi* Chemíjn», répondit le cacique, c'est-à-dire «l'oiseau de Chemíjn». Il s'agit d'une sorte de hibou. Onques il ne boit ni ne mange — du moins, nul ne l'a onques vu faire. C'est lui, en chantant, qui nous avisera de l'arrivée du dieu.

Les deux *bóyés* dansants interrompirent enfin leur détestable exhibition pour faire une pause et se positionner, debout, de chaque côté de notre groupe. Un silence étrange pesait sur le *tabouï*, rompu de temps en temps par les sons de la forêt : craquements de branches agitées par la brise du soir, chants de grenouilles, cris d'un singe, couinements, graillements ou pépiements. Aucune voix, aucun rire, aucun bruissement venu du village alentour.

— Où est passé ton grand sorcier? demanda soudain notre capitaine en prenant grand soin de ne laisser paraître aucune nargue dans sa voix.

— Jali? Je ne sais. De ce côté? Là, plutôt? On n'y voit goutte. Il était ici, il y a peu. Peut-être se tient-il à cet...

Le cri du *coribibi* s'éleva soudain, interrompant le cacique. Dès lors, la femme *bóyé* s'empressa d'aller éteindre le feu sous le *hamaca*. Le *tabouï* tomba dans l'obscurité la plus complète. Nous attendîmes quelques secondes seulement et un grand bruit retentit devant nous : on eût dit qu'un corps venait de s'abattre près du *hamaca*, juste sous le *tourar*.

— *Máboüica* Chemíjn! lança le cacique, imité d'emblée par ses hommes et les *bóyés*. Bonjour, Chemíjn.

— *Máboüica*, répondit une voix caverneuse devant nous ainsi que le ferait un drôle en parlant à travers un pot en terre.

Puis suivit un long moment de silence pendant lequel nous ne perçûmes que le fracas des pots remplis de vin de patates qui s'entrechoquaient et les mouvements discrets de Chemíjn. Après force déglutitions très sonores, une lueur se distingua tandis que le dieu enflammait le rouleau de feuilles de pétun. J'eus beau forcer ma vue, je ne pus observer rien d'autre qu'une masse sombre ; Chemíjn nous faisait dos. Peut-être distinguai-je aussi un sac de farine à ses pieds, un sac qui n'était point là plus tôt et qui pouvait bien être tombé du *tourar*. Mais je ne saurais dire avec certitude. L'extrémité ardente fut par la suite tout ce que nous apercevions de leur dieu créateur qui boucanait ainsi que la dernière de ses ouailles. L'odeur âcre du *tabacu* emplissait le *tabouï*.

Chemíjn, enfin, dans la langue des Naturels et toujours de cette voix sépulcrale, s'adressa à l'assemblée. Je n'y entendis goutte et ce n'est qu'une fois la cérémonie achevée que notre capitaine m'en traduisit les grandes lignes.

— Pourquoi m'avez-vous fait quérir ? demanda Chemíjn.

Nous n'avions toujours aucun indice de l'endroit où se tenait Jali, le principal *bóyé*, mais le cacique nous certifia par la suite que, tout ce temps, il se trouvait aux côtés de son dieu.

— Nous t'avons mandé parmi nous, répondit le roi des Kalinagos avec une déférence sensible, car des amis nôtres, des parents presque, des compères assurément, requièrent notre alliance pour mener une guerre loin au-delà de cette mer, sur les anciennes terres des Guaranis et des Tupinambás, afin de repousser un ennemi commun, l'Espagnol.

— Mais ces « parents presque » ne sont-ils point eux-mêmes des Blancs au même titre que les Espagnols ?

— Si fait, Chemíjn. Toutefois, comme nous, mieux que nous, tu sais combien diffèrent ces Blancs les uns des autres. Certains nous traitent en amis, d'autres font de nous leurs esclaves.

— Je ne crois point que d'aucuns traitent les Kalinagos en alliés.

— Les miens, Chemíjn. Tu n'ignores point que la moitié de mon sang vient des Blancs français. Cet homme, près de moi, que j'appelle « oncle » — bien qu'il ne me soit point apparenté par le lien familial —, m'a un jour sauvé la vie. C'est lui qui a permis à Acaera de jouir de la bienveillance de son cacique légitime.

— Ne présume point trop de ta légitimité, souverain métissé.

Il y eut un bref moment de silence, presque naturel, juste suffisant pour qu'on ne sentît point de malaise de la part du cacique, et ce dernier poursuivit, sans paraître relever l'affront de son dieu :

— En joignant nos forces à celles de nos alliés blancs, nous pourrions mettre la main sur une richesse inouïe qui favorisera grandement notre peuple.

— De quelle richesse a besoin Acaera, cacique, dis-moi ? Quelle fortune nous fait défaut, nous qui ne prisons l'or que pour le peu que nous en usons, qui commerçons avec si peu d'îles que les biens que nous possédons suffisent largement à troquer ce que nous ne pouvons produire, qui risquons d'attirer sur nous la revanche des Espagnols ou pis ! leur convoitise s'ils nous découvrent soudain plus riches que onques nous ne l'avons été. Dis-moi en quoi la fortune d'Acaera se trouverait grandie, cacique.

— Des esclaves blancs, Chemíjn, forts et en santé, pour refaire nos routes, agrandir nos jardins, améliorer notre terre des travaux qui nous sont pénibles. Des esclaves qui agiraient aussi à la façon de symboles, assoiraient notre supériorité sur toutes les nations et enverraient un message à ces Espagnols qui s'imaginent omnipotents.

— Mais encore? demanda le dieu.

— Une grande cérémonie en ton honneur, Chemíjn. Avec nos prisonniers blancs. Pour que leur sang, en imbibant Acaera notre mère, abreuve ta soif et celle de Mápoya. Pour de meilleures récoltes à venir, pour plus de gibier dans nos bois.

Un long moment de silence, puis le dieu répéta:

— Mais encore?

J'ouïs la profonde inspiration que prit le cacique, mais je ne pus juger s'il s'impatientait ou si, au contraire, il hésita à dessein de manière à amplifier sa révélation.

— Nous accroîtrons la puissance d'Acaera avec les armes de tonnerre, Chemíjn.

Une agitation perceptible s'entendit derrière nous : froissement de plumes, tintement de bracelets, glissement des pieds sur le sol. Les *ouboutous* et leurs subalternes, qui ignoraient tout, commençaient à s'exciter à la pensée de maîtriser les puissantes armes des Blancs.

— Cent bâtons de tonnerre, Chemíjn ! Et dix canons. Qui nous appartiendront à jamais. Voilà de quoi rendre Acaera maître de toutes les îles alentour si le désir nous en prenait. Voilà de quoi nous prémunir de toute vindicte des Blancs si ces drôles concevaient le mauvais dessein de débarquer sur nos rives.

Le rite d'abouchement avec Chemíjn, dieu des Kalinagos, s'était terminé en nous abandonnant à des émotions contraires : excitation d'avoir assisté à un événement surnaturel, aigreur quant à la nature même dudit événement qui sentait la tromperie. Notre capitaine, en tout cas, s'en trouva fort déçu. Il ne me parla plus d'en consigner les détails pour user plus tard de cette magie à l'encontre de nos ennemis ou pour acquérir du bien.

— *Vaicem*, cacique François, annonça Chemíjn quand les pots remplis de vin de patates furent vides, les feuilles de pétun éteintes, et qu'il considéra être temps pour lui de partir. Je m'en retourne, cacique François.

— *Aque*, Chemíjn, répondit le cacique. Va-t'en, Chemíjn.

— *Vaicem*, oncle, dit ensuite le dieu au capitaine.

— *Aque*, Chemíjn, répliqua Cape-Rouge.

— *Vaicem*, Oualie.

— *Aque*, Chemíjn.

— *Vaicem*, Mana.

— *Aque*, Chemíjn.

Et il répéta sa ritournelle jusqu'à ce qu'il nous ait tous nommés, moi y compris, ce qui indiquait mémoire ou savoir étonnants et ne manqua point de me troubler grandement. Ensuite, le *tabouï* dans l'obscurité la plus complète, on ouït comme un corps qui rampait en direction du trou, près du *hamaca*. Lorsque le silence se fit, on ralluma le feu afin de faire de la lumière. Alors, nous distinguâmes Jali, le principal *bóyé* du cacique, penché sur les flammes pour les attiser.

Ce qui m'avait semblé être un sac de farine sur le sol avait disparu.

Deux soirs plus tard, nous participions au grand *caouynage*.

Tous les hommes des quatre villages de l'île s'étaient réunis près du *tabouï* de Kairi, palabrant et buvant, riant et buvant, s'interpellant et buvant. C'était une véritable fête et nul n'aurait pressenti, à moins qu'il ne le sût déjà, qu'il s'agissait là de célébrations préludant à la guerre.

— Depuis deux jours qu'ils en étaient à préparer l'*ouicou* et à faire sécher les feuilles de pétun dans l'idée de faire carrousse, lança Urbain d'un ton sarcastique, ils savaient déjà, même avant cette cérémonie loufoque avec leur prétendu dieu, que leur cacique accepterait notre offre.

— Ce François en avait certainement débattu en privé avec ses *ouboutous*, répliqua Grenouille en haussant les épaules. Après tout, c'est là une affaire de guerriers, point de sorciers.

— Nous aussi, nous convoquons nos curés pour nous bénir avant d'aller au combat, rappela Joseph. Ça rend l'action légitime aux yeux du peuple et aux yeux de Dieu; pareil pour eux.

Vernois, Santiago et moi écoutions sans répliquer, observant les officiers kalinagos qui entouraient notre capitaine, non loin du *tabouï*. À cause de la chaleur accablante, Cape-Rouge avait ôté sa mante qui pendait en guise de pavillon devant les quartiers du cacique. Il gardait sa chemise largement ouverte, exposant le poil abondant de son torse. Cheveux et barbe peignés, mèches argentées rehaussées par la lueur des feux, bésicles sur le nez pour mieux apprécier l'arquebuse posée sur ses genoux, il ressemblait à un bon ecclésiastique, point au pirate cruel qu'il était. Près de lui, assis sur un billot en guise de banc, Oualie, Mana et quelques autres *ouboutous* écoutaient les directives qu'il donnait en manière d'entretien du métal.

Le cacique, sa fille Oüacálla dans les bras et un pot d'*ouicou* dans la main, quitta un groupe avec qui il s'entretenait pour prendre place auprès d'eux. Ricassant en notant les verres sur le nez de notre capitaine, il demanda en français :

— Tu portes un pince-nez, maintenant ?

— J'ai trouvé ces bésicles lors d'un abordage, répondit Cape-Rouge sans quitter l'arquebuse des yeux. Elles sont très pratiques.

— Tu ressembles à un notaire.

— Ne jamais se fier aux apparences.

Riant de plus belle, le cacique but une longue lampée d'*ouicou* en continuant d'observer Cape-Rouge avec curiosité. Oüacálla, assise sur les genoux de son père, se pelotonna contre lui pour dormir.

— Tu te fais vieux, oncle Armand.

— C'est notre lot à tous. Toi aussi, un jour, tes cheveux grisonneront, ta vue faiblira, ton tour de taille s'empâtera. Je te souhaite, en tout cas, de vivre assez longtemps pour cela.

— Merci, oncle Armand…

Il s'assura que nous étions assez près pour l'ouïr avant de conclure :

— Mais je ne ressemblerai jamais à un notaire.

Nous rîmes de bon cœur de l'à-propos puis, tandis que nous étions encore à nous tenir le ventre, une vieillarde tout excitée arriva en criant.

— Eh bien, vieille femme ? s'impatienta le cacique dans sa langue. Qu'as-tu à nous écorcher les oreilles avec tes lamentations ?

— Mon époux ! répondit-elle en se jetant aux pieds de son souverain. Mon bon Jali, ton fidèle *bóyé*, a été sauvagement battu par Mápoya.

Le cacique, étrangement, ne parut guère surpris. Bien que je ne comprisse point à ce moment-là ce qui se passait, je ne manquai point de noter, le temps d'un clignement de paupières, un regard entendu entre Oualie et Mana.

— Battu par Mápoya? fit le cacique en écho. Jali n'a-t-il donc point un Chemíjn assez puissant pour le protéger des sautes d'humeur de ce démon?

La femme gémit de plus belle.

— Mápoya était sans doute furieux que Jali ait officié le rituel d'avant-hier pour faire venir Chemíjn, son ennemi juré.

Les réjouissances s'amenuisèrent dans les premiers rangs, là où les fêtards pouvaient ouïr les paroles qui s'échangeaient. Le cacique reprit d'un ton à l'impatience contenue :

— Jali n'est point le premier Kalinago à qui s'en prend Mápoya.

— Mais point avec cet acharnement, seigneur. Il est si bien bâtonné qu'il en a les os brisés et saigne de partout.

Le cacique se leva en reprenant sa fille dans ses bras. Il repéra deux autres *bóyés* à moitié ivres plus loin. Il les interpella :

— Suivez-la et tentez de soigner le pauvre Jali du mieux que vous pouvez. Si Mápoya s'est escrimé sur lui de la sorte, sans doute notre grand sorcier avait-il quelque faute à expier.

Il feignit une grande affliction en regardant le trio s'ébranler puis, en français, conclut à l'égard d'Oualie et pour notre entendement :

— Et il y réfléchira à deux fois avant de laisser une nouvelle fois Chemíjn émettre des doutes sur la légitimité de mon caciquat.

Le lendemain du grand *caouynage*, je m'étais proposé pour aller rincer des terrines dans un ru qui courait à la sortie du village, non loin du carbet de mon hôte. Une étrange croyance des Amériquains était que si Mápoya les y surprenait à plonger les récipients dans l'eau, il ferait tonner et pleuvoir en si grande abondance que les rivières croîtraient au point de se déborder*.

Selon les directives reçues, je devais laisser les vaisseaux* à douze pas au moins du ruisselet et les laver en transportant l'eau à l'aide d'un *canáli*. Je me gardai bien de compliquer l'opération à cause de ces croyances païennes et plongeai directement les terrines dans le cours d'eau.

— Ma mère ne serait point aise de constater que tu dédaignes ses indications.

Je me retournai vivement pour trouver Anahi, une hotte de yucca sur le dos, en train

de m'observer entre deux troncs. Son souris*
trahissait la fausse colère qu'elle feignait avec
ses sourcils froncés. Elle exagérait à dessein
ses expressions afin que j'entendisse mieux
les quelques mots de caribe qu'elle avait
prononcés. Même si je commençais à maîtriser certaines expressions de la langue, je ne
saisis le sens de ses paroles que lorsqu'elle
désigna, en larges mouvements des bras, le
ruisselet puis le bosquet marquant à peu près
la distance évoquée et qu'elle mima le geste
de verser de l'eau à ses pieds.

— Ne devais-tu point rincer ces récipients ici ? demanda-t-elle.

Elle éclata de rire avant que j'aie eu le
temps de trouver les mots et les signes pour
protester. Comme elle était belle, ainsi, ses
dents éclatantes de lumière, les courbes de
son corps nu redessinées par les lignes lui-
santes de la sueur !

— Je ne comprends point comment toi et
les tiens pouvez ainsi tenir tête à Mápoya,
dit-elle. Votre dieu chrétien doit être bien
puissant en vérité.

Elle s'approcha tandis que je m'efforçais
d'interpréter ses paroles dans ma tête. J'y
serais peut-être parvenu si je n'avais eu,

devant mes yeux, l'ondoiement troublant de ses hanches. Sans ralentir, dans un aguichant mouvement des épaules, elle abandonna sa hotte qui s'abattit par terre. Anahi s'immobilisa lorsque la moiteur de ses courbes se fondit dans le tissu vulgaire de mes vêtements.

— Anahi, je…

— *Choúba nioumoúlougou*. Embrasse-moi.

— Je… je ne peux point.

Elle se recula d'une semelle pour mieux me fixer dans les yeux. Son rictus m'incommodait un peu ; je la sentais railleuse.

— Tu as peur ?

Je saisis ce qu'elle voulait dire et cette supposition ne pouvait qu'attiser le déplaisir d'un garçon qui mettait tant d'effort à prouver qu'il était un homme. Je n'étais point si marri, toutefois, que ma voix et mes gestes ampoulés le firent paraître. Je baragouinai quelques mots qui voulaient dire :

— Non, mais j'ai fait promesse à ton père : ne rien entreprendre qui puisse atteindre son honneur.

Elle se désigna puis désigna la forêt, dans la direction du carbet familial, en une question qui signifiait :

— Son honneur ou le mien ?

— Il m'a dit le sien.

Elle paraissait maintenant plus songeuse que railleuse. Elle répliqua :

— Il n'est point de déshonneur à ce qu'une fille non mariée aille avec qui lui plaît.

J'avais déjà compris cela de leurs mœurs à voir agir les autres filles célibataires autour de mes compagnons. Je répliquai :

— Nos coutumes à nous sont différentes.

Le rictus gouailleur revint avec ses bras autour de mon cou.

— En ce cas, ce n'est point mon père qui mande tempérance, c'est toi et tes coutumes.

Cette fois, je la repoussai un peu plus rudement en retenant ses poignets entre mes mains.

— Anahi, ne me tourmente point ! J'ai promis à ton père de veiller à ta virginité et si ce n'est point là habituel à vos traditions, alors j'ignore pour quel dessein il m'a imposé cette restriction.

Cette fois, elle me fixait avec une expression sibylline, étonnée d'un côté par une décision paternelle dont elle n'entendait mie, et tourmentée de l'autre par l'éventualité que j'use d'un prétexte pour refuser ses avances.

D'un mouvement brusque, je repris les terrines à mes pieds, les rinçai de gestes impatients puis, une fois liées à une corde, les jetai sur mon épaule.

Je passai devant Anahi en la saluant d'un signe vif de la tête et l'abandonnai derrière moi, plus perplexe que jamais.

10

— ¡ *Madre de Dios* !

Le *capitán* Luis Melitón de Navascués s'enfonça dans la grenouillère, ne laissant paraître pendant de longues secondes que le sommet de son morion. Il y eut un fort remous à la surface de l'eau avant que l'une de ses mains émergeât à la recherche de quelque branche ou buisson. Elle trouva plutôt le bras de l'*alférez* Juan Patino ; incontinent, ses doigts longs et nerveux s'y agrippèrent.

De Navascués, dans l'onde encore jusqu'au menton, cracha une soupe verdâtre au goût d'herbes et de chancissure. Il s'efforça de battre des pieds pour se maintenir en surface, mais n'y parvint point à cause de ses longues bottes remplies jusqu'aux genoux. Une masse sombre, pareille à un tronc d'arbre, partit de la rive opposée pour foncer vers lui.

— ¡ *Caimán* !

Le temps d'allumer les mèches des arquebuses, le prédateur tâtait déjà du museau contre les culottes de peau. Décrivant un arc de cercle, son premier assaut l'amena à mordre principalement dans l'acier du plastron, ce qui le fit retraiter à la fois de surprise et de douleur. Quand l'animal se rua pour la seconde attaque, trois salves d'arquebuse l'accueillirent dont une fit mouche à quatre pouces seulement d'une jambe du *capitán*.

— ¡ *Madre de Dios* ! répéta ce dernier, mais un ton plus bas, tandis qu'il se hissait sur le sol spongieux, son lourd plastron d'acier laissant jaillir l'eau à la taille ainsi qu'une barrique se renverserait.

Une fois à plat ventre dans les herbes, sans plus le risque de retourner à l'étang, il mit plusieurs secondes à reprendre son souffle. Il n'avait plus la force de se débattre quand bien même un second reptile se serait jeté sur lui.

Finalement, repoussant le sol au bout de ses bras, il s'assit sans regarder les hommes qui le suivaient, soldats comme esclaves, se contentant de fixer les vaguelettes rougeâtres qui se dispersaient en cercles autour du caïman. Sa barbe, terminée en une pointe qu'effilait l'humidité, collait à ses joues en accentuant leur maigreur. La fatigue et les privations faisaient saillir ses yeux tels deux globes exorbités.

À ses côtés, ni l'*alférez* Patino ni *don* Benicio Álvarez, le pilote, n'offraient meilleure mine que la sienne. En y regardant de plus près, on constatait, en fait, qu'aucun de la quarantaine de soldats espagnols ne paraissait valide, à l'image des quatre dogues qui, harcelés par les insectes et mal nourris, grognaient sans arrêt, mordaient un jarret d'esclave dès que l'un passait à leur portée, se disputaient pour la moindre chair putréfiée découverte au hasard de la marche, fruits pourris et fientes humaines y compris.

— *Capitán*, entama l'*alférez*, ne devrions-nous point nous débarrasser de ces fichues armures qui non seulement nous alourdissent, mais nous cuisent dans cette chaleur d'enfer ainsi qu'une marmite dans laquelle nous mijoterions?

Rien que le regard qu'il posait sur ses hommes permettait à de Navascués de communiquer sa contrariété et sa colère. Aussi, lorsque, en plus, il sifflait ses semonces entre ses dents, un filet de salive à la commissure des lèvres, nul n'avait ambition de contester les ordres.

— Nous sommes soldats, *alférez*, et surtout, officiers. Que ceux-là aillent tout nus,
ces Sauvages, ces esclaves, on s'en moque.
Ce sont des singes avec apparence d'homme.
Et encore ! Que ces autres, là, se contentent
de broignes en cuir ou de casaques, voire de
simples chemises, je veux bien ; ils sont simples arquebusiers. Mais nous, *don* Juan, nous,
don Benicio, nous représentons l'élite, le sang
épuré de l'Espagne, les sujets choisis par
Dieu pour conduire sur cette terre misérable.
Comment nous en distinguer si nous ne
supportons plastrons et casques de fer ?

Ses bottes vidées et rechaussées, un genou
au sol, une main agrippée à la branche d'un
pin voisin, il se releva. D'un mouvement sec
du bras, il peigna ses cheveux vers l'arrière
avant de remettre son morion.

— D'autant plus, ajouta-t-il plus bas,
avec une voix teinte d'une émotion qui ne lui
était point coutumière, que nous avons perdu
mon cheval par ce maudit serpent que nous
croisâmes et qu'il a fallu hausser le ton et
brandir les menaces, sinon tous ces soudards,
incapables de supporter la disette mieux que
des mignons, en auraient fait leur ordinaire.
Qui s'abaisserait à manger le cheval d'un
hidalgo si ce ne sont les bêtes et la roture ?

Il rajusta sa ceinture en faisant tinter épée et dague, et posa un regard plein de morgue sur le cortège qui le suivait, moins par condescendance que par affirmation d'autorité.

Feignant la satisfaction à la vue des mines épuisées, des silhouettes émaciées et des regards creux, il posa les doigts sur la tête de son mâtin préféré, Bristol, le plus fort et le plus vicieux de tous, releva les épaules pour se redonner contenance et reprit la marche.

Depuis dix jours, plongée dans une brume omniprésente et une chaleur infernale, la colonne suivait le courant d'une rivière en direction de la cité d'or. Le peu de vivres emporté devait être rapidement compensé par la chasse et la cueillette. Or, d'arbres fruitiers, le cortège n'en croisa guère, et pour tout gibier, quelques oiseaux, six singes et une cinquantaine d'agoutis. C'était bien peu pour nourrir quarante Espagnols, soixante Indiens et quatre dogues. Pis, les Naturels familiers de la région, les seuls capables de reconnaître les vallées menant aux aires cultivées et aux villages indigènes, ces anciens esclaves de *don* Baltasar Ruiz, avaient été torturés à mort pour leur faire avouer une traîtrise qu'ils ne reconnurent onques, sauf

en de rares occasions où les suppliciés troquaient l'aveu pour la tombe qui mettait fin
à leurs tourments.

À deux reprises, le *capitán* avait obliqué
derrière le mauvais vallon et un soldat du
nom de Francisco, truchement, venu une fois
déjà à la cité d'or, crut reconnaître à travers
le bouillon aqueux un promontoire en forme
d'aigle qui servait de repère. Celui-ci toutefois s'avéra tout autre et les fit dévier de
quinze lieues avant qu'ils dussent revenir sur
leurs pas.

— ¡ *Capitán* !

À dextre, un éclaireur indiquait une piste
nettement dégagée qui s'éloignait de la
rivière pour crever l'intérieur de la forêt.

— ¿ *Qué* ?

— Il y a beaucoup d'empreintes de pieds
nus. Des Sauvages.

L'*alférez* s'approcha à son tour et
demanda :

— Combien ?

Le soldat évalua le terrain quelques
secondes avant de répondre :

— Je dirais une dizaine. Une famille, sans
doute, car on distingue des pieds d'enfants.
Et là, voyez ! Des restes de maïs.

— Une ferme ou un village, *capitán*, supposa Patino en caressant sa barbe d'une main. Ça vaudrait le détour, vous pensez ?

— Ce n'est point un détour supplémentaire qui nous tribouillerait, si ?

Patino sourit sans joie.

— Ce n'est point un détour supplémentaire, en effet.

— Prends huit arquebusiers avec nous, les autres vont rester ici pour garder les esclaves.

Le museau humide de Bristol qui humait sa main lui rappela d'ajouter :

— Et amène les trois autres mâtins.

Bientôt, gaine de la rapière tenue de la main gauche afin d'éviter de frapper un tronc et de trahir leur approche — et aussi afin de pouvoir tirer la lame plus vite —, le *capitán* de Navascués, Bristol et les autres chiens sur les talons, suivi de l'*alférez* et des arquebusiers, atteignit une hauteur où la brume s'amenuisait. À travers le voile d'eau, dans un val en contrebas, à moins de quatre cents brasses, on distinguait les silhouettes floues de trois ou quatre huttes.

— Un village ? s'informa Patino.

— Même pas. Quelques gens, même famille à n'en point douter, établis à l'écart pour planter leur maïs.

De Navascués, sans pivoter complètement, présenta la joue vers les soldats derrière lui pour indiquer qu'il s'adressait à eux :

— Tenez les mèches de vos armes bien fumantes. Il faudra peut-être en trouer trois ou quatre pour les convaincre de nous laisser nous servir.

Ils descendirent la piste en silence, lames au clair et fusils pointés, puis, une fois atteintes les habitations, se disposèrent en demi-cercle, à plusieurs pas les uns des autres, histoire de mieux couvrir le terrain. Les chiens grognant sourdement à côté d'eux, ils croisèrent une première paysanne tandis qu'ils étaient déjà en plein centre de la place. La femme, le ventre proéminent, enceinte de huit mois au moins, tenait un lourd contenant en terre cuite. Derrière elle, un garçonnet d'un an à peine marchait gauchement en trébuchant contre chaque aspérité du terrain.

Sitôt aperçut-elle les Espagnols qu'elle se figea tel un marbre d'église, la bouche entrouverte, les yeux écarquillés.

— *Buenas, señora.*

Toujours muette et immobile, elle suivit des yeux les hommes qui se dispersaient autour d'elle, qui soulevaient les rideaux d'entrée des huttes à l'aide de leurs rapières, qui retournaient du pied les paniers de roseaux et évaluaient le contenu des pots en terre. Elle paraissait particulièrement intriguée par les soldats qui, leur mèche d'arquebuse autour du poignet, en attisaient le lumignon en soufflant dessus. Le grognement des chiens, au départ, ne sembla point la distraire.

— Maïs et yucca, dit Patino. Suffisamment pour nous refaire des forces.

— À nous et aux esclaves, oui, répliqua de Navascués. Mais pour les dogues…

Avant que la femme n'ait eu le temps de réagir, il se pencha pour attraper l'enfant par le bras.

— Tiens, Bristol, mon beau! Dis-moi si tu aimes le goût du singe.

Et il lança le petit au molosse. Le hurlement de la femme se confondit dans les aboiements des chiens qui se jetèrent sur le garçonnet.

L'Amériquaine, laissant son pot en terre se fracasser sur le sol, bondit vers la scène, mais, d'emblée, se trouva arrêtée, sans plus pouvoir avancer. Elle baissa les yeux sur l'obstacle qui la retenait et reconnut l'une des longues lames des visiteurs. Elle l'empoigna à deux mains dans l'idée de la repousser, mais, contre toute attente, ne parvint point à la déplacer. Il lui fallut encore une ou deux secondes avant de comprendre que l'arme avait perforé son ventre et la pénétrait profondément. Ses yeux incrédules se posèrent alors sur les yeux d'acier de de Navascués. Ce dernier, d'un mouvement sec du bras, retira la rapière, sectionnant dans le mouvement les paumes de la femme. Aux prises *ex abrupto* avec une douleur qui la saisit dans son corps entier, elle s'écroula, hurlante, dans un giclement de sang. Un mâtin, sur-le-champ, abandonna l'enfant pour se jeter sur cette nouvelle source de viande fraîche.

— Deux vies d'une seule estocade, s'esclaffa l'*alférez*. Voilà qui n'est point fréquent.

— Quand Dieu guide nos actes, nos efforts sont ménagés.

La détonation d'une arquebuse interrompit le rire des hommes. Quatre autres salves couchèrent autant de Naturels qui arrivaient en courant. Mais la bataille ne dura guère. Deux fillettes d'une dizaine d'années se présentèrent, une hotte de yucca sur le dos. Terrorisées, elles s'enfuirent incontinent en abandonnant leur fardeau. Quelques moulinets de rapières tuèrent encore une femme et un garçon qui n'avait point treize ans, puis le silence retomba sur le brouillard.

— Ces foutus *chicquis*!

Francisco, le truchement, était assis sur le tronc renversé d'un jacaranda, l'un de ses pieds nus entre les mains. Il avait perdu ses bottes aux dés depuis plusieurs jours et s'exerçait depuis à marcher sans chaussures. La plante de ses pieds n'était point encore cornée à la manière des Amériquains et la tendreté de sa peau représentait une aubaine pour les parasites de toutes sortes, notamment les puces.

Un esclave était penché sur lui qui, à l'aide d'une pierre à l'arête coupante, s'efforçait de découper l'apostème* sur lequel s'accrochait un insecte gros comme un pois. Francisco, nez au ciel, serrait les dents en perdant son regard dans la frondaison. Depuis que la brume s'était levée, le couvercle de l'humidité avait cédé la place au rabat du feuillage. La végétation de la ramée était si dense que, au pied des arbres, ne tombait qu'une lumière sombre, pareille à un autre brouillard. Vert, celui-là.

— Aaah !

Le Naturel venait de retirer la boule durcie à laquelle s'accrochait toujours la puce. On aurait dit une perle, mais remplie d'une colonie grouillante de lentes. Avec de la salive et un peu de sève, l'esclave nettoya la plaie qui resta tant grosse et profonde qu'il put y fourrer le pouce pour la mieux racler.

— Saloperie ! s'exclama Francisco.

L'*alférez*, au loin, assis sur un talus d'herbages en compagnie du pilote et du *capitán*, tourna le regard dans sa direction. D'un mouvement las, il jeta ce qu'il restait du fruit qu'il mangeait et se leva en prenant soin de déplier les genoux avec lenteur ; l'humidité avait affecté ses articulations. Il porta les mains à ses reins pour arquer le dos vers l'arrière puis s'ébranla vers Francisco.

— Eh bien ? demanda-t-il. Tu pourras marcher ou on t'abandonne ici aux serpents et aux scorpions ?

— La peste de ces *chicquis* ! répliqua le truchement.

Il bascula sur une fesse et, appuyant une main au sol, souleva les deux jambes pour bien montrer la plante de ses pieds. Chacune n'était plus qu'une plaie sanguinolente, crevassée, des orteils au talon. Tandis que le

Naturel appliquait une pommade, Francisco grogna :

— Dès qu'un trou se forme, une autre puce s'empresse de pondre dans l'ulcère. C'est la douzième qu'on m'enlève depuis deux jours. Et la médecine de ces Sauvages ne vaut point une prière à saint Roch.

— Tu te feras des chaussures d'un bandage de gossapin. Et la prochaine fois qu'il te prendra l'envie de jouer aux dés, au lieu de ponter tes bottes, mise ta solde. Ainsi, tu ne deviendras point encombrant pour tout le monde !

La forêt gouttait. Par les feuilles qui suaient ainsi que les aisselles des Sévillanes, par la mousse suintante collée aux arbres, par les déjections des animaux qui vivaient au sommet de la ramée et ne descendaient onques au niveau du sol, par cette moiteur constante qui transpirait de l'air et collait à la peau. La forêt dispensait eau et affections avec la générosité d'un mécène qui, non point épris des arts, se serait plu à prodiguer fièvres quartes et phtisies, esquinancies et flux de ventre, venin et poisons.

Et Sauvages.

Trois flèches se plantèrent dans le même homme, un simple soldat, perçant sa broigne

de cuir pour traverser son poumon, pénétrant un œil et déchirant une cuisse. Une
quatrième flèche glissa sur le gorgerin de
métal qui lui protégeait le cou. Deux esclaves
s'effondrèrent à sa suite, piqués par des flé-
chettes enduites d'*urari**.

— À terre! hurla le *capitán*.

Des zagaies aux pointes d'os se brisèrent
contre des branches. Il n'était point aisé
d'utiliser des armes de jet dans la forêt, c'est
pourquoi, en général, les combats se faisaient
au corps à corps. Des Indiens, couteau de
silex au poing, bondirent au milieu du groupe,
surpris de le trouver si nombreux. Ils comprirent qu'ils s'attaquaient principalement à
des esclaves quand ils notèrent leur refus de
combattre, leur absence d'armes et les cordes
qui les entravaient aux chevilles.

Le temps pour les Espagnols de se mettre
à l'abri, d'allumer les mèches des fusils, les
dogues avaient amorcé le travail. Trois agres-
seurs se trouvèrent étendus, le ventre ouvert,
avant même que l'arquebusade n'éclatât.
Huit autres assaillants les rejoignirent, poitrine ou tête éclatée. Les autres s'enfuirent
sans plus d'insistance, leurs cris de guerre
transformés en cris d'effroi. Leurs plumes et
leurs tatouages les assimilaient à des tribus

aux noms inconnus essaimant au cœur de la forêt.

— Combien étaient-ils ? demanda Luis Melitón de Navascués quand les chiens revinrent d'avoir poursuivi des fuyards à la traîne et que la forêt eut retrouvé son calme.

— Impossible de savoir, *capitán*, dit l'*alférez*. Sans doute n'étaient-ils qu'une petite bande marchant vers un terrain de chasse et qui est tombée sur nous par hasard.

— Maudits Sauvages ! grinça le pilote, sa rapière encore dans la main, n'ayant point eu l'occasion de donner une seule estocade. Pires et plus nombreux que les serpents.

De Navascués rengaina son épée puis rajusta son plastron en le tenant par la gouttière de la taille. Après un bref examen des hommes au sol, il ordonna :

— Bon. Achevez les blessés et qu'on se remette en route. On ne perd que trop de temps.

Granit, gneiss, basalte, porphyre, grès… Que de la roche. Dès qu'on grattait ce qui restait des couches dorées et argentées ne subsistait qu'une structure de pierres sans valeur aucune. La richesse de la cité d'or n'était qu'un fard.

— Ce n'est point possible.

Le *capitán* Luis Melitón de Navascués errait au milieu des tertres décoiffés, non point avec la mine abattue du vaincu, mais avec le faciès placardé de morgue et de haine, repoussant d'une paume impatiente quiconque avait malheur de se trouver sur sa trajectoire, jurant entre ses dents serrées, crachant, remontant pour la centième fois au sommet du temple dépoli, là où l'on avait récolté le plus de biens. Incrédule, il glissait les doigts dans les alvéoles creusées dans la pierre et qui abritaient, avant le premier passage des Espagnols, pierres précieuses et statuettes d'or. Il parcourut de long en large et en circonférence la grande salle des prêtres, ressortit par une fenêtre sur une galerie externe encore à demi enterrée, redescendit vers la grande place, scrutant toujours et encore les monticules terreux qui renfermaient les autres bâtiments de la cité.

— Il faut creuser.

Don Benicio Álvarez, le pilote, et *don* Juan Patino, l'*alférez*, se lancèrent un regard à la dérobée. Près d'eux, les esclaves buvaient aux gourdes que leur présentaient les soldats ;

les dogues, soufflant autant que s'ils avaient couru, recueillaient le moindre souffle frais à l'ombre d'un encorbellement de pierres.

— Sauf votre respect, Excellence, répliqua le pilote qui ne ressentait point la même soumission à l'autorité militaire, tous les tertres ont été entamés. Par nos premières expéditions ou par les hommes de *don* Baltasar. Voyez… (Il tournait sur lui-même, un bras étendu en guise d'indication.) Pas une butte qui n'ait son sommet dégagé, pas un toit qui ne soit ouvert. Les seules richesses de la cité semblent bien se limiter à ce qu'on a trouvé dans l'antique palais et le vieux temple. Les autres bâtiments ne sont…

— Non !

Le *capitán* parcourut en trois longues enjambées les sept pas qui le séparaient de *don* Benicio. Il le saisit par le col.

— Cette cité n'a point tout donné, tu entends, *malhaya* ? Dans ses entrailles, elle cache des richesses qui attendent les laborieux, ceux qui auront l'ardeur de chercher au-delà de la récolte facile.

Il abandonna le col du pilote d'un geste dédaigneux en lui heurtant le menton avec les jointures. Tant à *don* Benicio qu'à l'*alférez* et qu'aux autres soldats, il ordonna :

— Que les esclaves se taillent des pelles en bois et commencent à caver !

Doña Isabella ! Avec la fortune de la cité d'or s'envolaient les rêves d'hyménée du *capitán*. Sans la fortune dont il comptait s'enorgueillir, sans le nom, sans les titres qu'il espérait du roi, comment son financeur — bien qu'ami — approuverait-il encore le mariage ? Surtout si de Navascués devenait cause de la banqueroute de celui-ci ?

Doña Isabella ! Il n'était point possible que Dieu, dans Sa toute bonté, la lui ait offerte pour la lui reprendre incontinent sans qu'il eût loisir d'en goûter la suavité et le miel. Rien dans la conduite du *capitán* ne méritait peine de la sorte. Le commandant de Virgen-Santa-del-Mundo-Nuevo assistait à chaque messe de *Fray* Bartolomeo, priait dès qu'il en avait latitude, n'offensait onques le nom de Dieu. Il avait même cherché à convertir quelques Sauvages à la vraie foi, à amener plus de fidèles dans le giron catholique en les baptisant et en leur méritant le paradis, avant de comprendre — Seigneur, pardonnez sa lourderie ! — que les habitants du Nouveau Monde n'étaient que des bêtes et que, par conséquent, ils n'avaient point d'âme.

Alors, si Dieu se trouvait de son côté, il n'était point possible qu'Il le fît souffrir de la sorte. Il S'amusait simplement à le mettre au défi. Il éprouvait sa foi, son amour pour Lui. Dieu était le meilleur ami de Luis Melitón de Navascués ; la réciproque se fondait assurément. Nul ne se trouvait plus aimé de Dieu en ce bas monde que le *capitán*. Il se signa en murmurant trop bas pour être ouï de qui que ce soit :

— Pardonnez-moi, Seigneur, d'avoir douté de Vous, encore une fois.

Pendant que les esclaves s'échinaient sous le feu solaire à excaver les bâtiments autour du palais et du temple, les soldats refaisaient un toit aux bâtiments les plus aptes à les accueillir. La tâche fut aisée puisque les expéditions précédentes avaient déjà procédé de la sorte, notamment celle de *don* Baltasar Ruiz, qui avait séjourné plus longtemps au milieu des ruines de la cité. Il suffisait d'affermir une armature de branchages ou de terre affaiblie par les pluies, ou de remplacer les faîtages de feuilles arrachés par les vents. Au soir, tout était déjà terminé.

— La rivière charrie de l'eau douce en abondance à deux cents pas, annonça *l'alférez*. À ce chapitre, nous n'aurons aucun problème d'approvisionnement. Toutefois, je redoute qu'il en soit autrement pour la nourriture. Aucun arbre fruitier proche, et il semble qu'on ait déjà traqué tout le gibier disponible.

— *Don* Baltasar n'avait-il point emporté cochons et poules justement pour les expéditions qui se succéderaient?

L'*alférez* grimaça en signe de contrariété. Du menton, il indiqua des fourrés clairsemés qui marquaient l'espace entre deux murs couverts de mousse.

— *Sí*, répondit-il, mais les bêtes de la forêt en ont fait leur ordinaire. On voit des traces de gros félins ainsi que les lignes tortueuses d'un serpent aussi large qu'une cuisse de donzelle. M'est avis qu'il faudrait envoyer quelques hommes à la chasse.

De Navascués eut un geste de la main pour marquer son impatience.

— Eh bien, faites! Mais n'utilisez point d'esclaves, seulement des soldats parmi nos meilleurs tireurs.

Devant l'hésitation de l'*alférez*, le *capitán* haussa le ton:

— Eh bien?

— Meilleurs tireurs ne signifient point meilleurs pisteurs, Excellence. Je conseillerais au moins deux bons Sauvages avec eux.

De Navascués savait que son sous-officier avait raison, aussi n'hésita-t-il que pour la forme. Détournant la tête en feignant de s'intéresser à un bâtiment plus loin, il signifia alors en guise de conclusion :

— Pas plus de deux, alors ! Avec un dogue. Et faites préparer des flambeaux, car il n'y aura point de repos cette nuit. Les esclaves creuseront tant qu'ils n'auront point trouvé les trésors que cache cette cité du diable !

11

Le taille-mer de l'*Ouragan* soulevait une lame de proue coiffée de belle crème, tranchant l'eau ainsi qu'une fine rapière découperait la soie. Les vagues s'ouvraient avec douceur et, bien qu'une allure largue les poussât en partie contre la coque, le galion les absorbait avec souplesse, renvoyant les pans liquides glisser le long de ses flancs telle une caresse. Le roulis se voulait à peine perceptible, noyé dans le tangage de la marche. Les embruns se jetaient sur l'étrave non point avec agressivité, mais comme la chevelure d'une femme nous viendrait frôler les joues par les caprices d'une brise.

Au château de poupe, mains sur la lisse du garde-corps jouxtant l'échelle, Cape-Rouge et le cacique François, côte à côte, échangeaient des souvenirs, des impressions, riaient, se racontant mille choses que les ans avaient accumulées. Le pirate était vêtu de son inséparable mante écarlate qui, par moments, claquait au vent ou, en d'autres instants, se gonflait telle la corolle géante d'un coquelicot; son chapeau de feutre au large bord, comme une fantaisie des deux mondes qu'il fréquentait, arborait ruban de sergette et plumes de perroquet. À son ceinturon pendait un fer de Tolède, une lame moins lourde à abattre qu'un sabre, mais plus facile à manier et plus dévastatrice quand on savait user de certaines bottes. Un pétrinal un peu lourd arquait le rebord de ses chausses.

Le cacique, quant à lui, quasi nu hormis un pagne de gossapin à la hauteur du sexe, la peau peinturlurée de rocou, ses longs cheveux noués sur les reins et ornés de plumes et d'or, des bracelets tintinnabulant aux poignets et aux chevilles, n'affichait pour toute arme qu'un poignard à la taille. Visage vers le ciel, narines dilatées, yeux mi-clos, il confia :

— Il y a longtemps que je n'ai goûté le plaisir de voguer sur un vrai navire. Pagayer dans une *piragua* ou, même dans plus grand, un *canobe**, ne procure l'ivresse de sentir ainsi la mer sous ses pieds, de danser sur ses vagues, de respirer son vent, son poudrin. Je dirais presque que la navigation me manque.

— On ne peut point en dire autant de tous tes lascars, ricassa Cape-Rouge en désignant du menton les sept ou huit puissants guerriers kalinagos qui, penchés au bastingage, vomissaient à tire-larigot. Qu'est-ce que ce sera si on a à cingler par un vrai vent de travers !

François sourit et, sans même baisser les yeux sur ses hommes, gardant le nez pointé en direction des huniers, répliqua :

— Encore un jour ou deux et ils s'y feront ; une fois à terre, ils n'y penseront plus.

L'avant-veille, près d'une centaine de Kalinagos, frais peinturlurés, exaltés à l'idée de s'embarquer sur la « maison qui va sur l'eau », s'étaient agglutinés dans les youyous. Joyeux, ils avaient grimpé l'échelle de coupée, trépignant à l'idée de s'attaquer de front à la grande mer et non plus de se contenter de voguer le long des côtes. Peu enclins aux adieux, ignorant — ou feignant d'ignorer — l'éventualité de ne point revenir vivants des combats qui nous attendaient, ils n'avaient même point eu un dernier regard pour leurs proches abandonnés sur la plage.

Deux jours plus tard, sauf pour ceux qui souffraient du mal de mer, tous s'activaient aux manœuvres avec le même enthousiasme. Baccámon, non point le moins exubérant, du plat de la main, ne cessait de me frapper les épaules d'excitation chaque fois qu'il me croisait sur le tillac, en me gratifiant de «Banari! Banari!».

Le cacique, le menton toujours levé en direction des huniers, demanda au capitaine:

— Dis-moi, tu as modifié des choses sur l'*Ouragan*? Il y a... Ce n'est point très usité, ce mât, cette façon de l'assembler, non?

Par l'ouverture courbe entre le carguepoint et le grand hunier gonflé par le vent, François désignait l'extrémité du mât de misaine qu'ils apercevaient depuis la dunette. Cape-Rouge, au lieu de suivre le regard du cacique, le fixa plutôt en sifflant:

— Sang-Diou! Tu es un vrai marin, ma parole! Rares sont ceux qui s'en aperçoivent; pas même ces godelureaux nouvellement recrutés qu'on a tirés d'une prison espagnole dans l'espoir d'en faire un équipage potable. Tu as bien vu: j'ai apporté des transformations à notre cher vaisseau. C'est récent, toutefois, et encore au stade de l'expérimentation.

Sa teinture au rocou masquant le rouge qui montait à ses joues, François feignit d'ignorer le compliment et, exagérant une mine intéressée, sourcils froncés, insista :

— Alors ? Qu'as-tu modifié ? On dirait que le mât... qu'il s'arque à l'envers ou je ne sais trop...

— En fait, expliqua Cape-Rouge, la poitrine gonflée ainsi qu'un paternel vanterait les mérites de son fils, le talon du mât de perroquet est posé à l'arrière du ton de hune, assis dans une emplanture entièrement reconstruite, le chouquet inversé.

— Dans quel dessein ?

— Une plus grande surface de voile sous jolie brise, ce qui nous permet de gagner au moins un nœud.

— Et le grand hunier ne le dévente point ?

— Ça dépend de l'allure. Par vent arrière, forcément, mais par grand largue...

— Te voilà un véritable amiral, ma foi. Mieux : un ingénieur amiral. Henri II lui-même ne pourrait se targuer d'un meilleur ministre de la marine que s'il nommait le pirate Cape-Rouge.

Le capitaine s'esclaffa.

— La peste de la courtisanerie et de tous ces mignons à collerette ! Ils songent à plaire, non point à être efficaces.

Il toussa puis reprit:

— Vois-tu, il me fallait compenser la marche parfois lourdaude du galion; il n'est point conçu pour être coureur, mais monture. Sa capacité convient pour le butin qu'on saisit, pour s'armer d'autant de canons, mais pour rattraper une proie ou pour échapper à un poursuivant, il lui manque une ligne plus effilée. Je m'efforce donc de compenser en tirant le maximum de sa mâture. En fait, ce qui me manque actuellement, c'est un équipage d'expérience, de vrais marins, avec l'instinct de la mer… tous ceux que j'ai perdus sur Lilith, finalement. Ils ne sont point faciles à remplacer. À part mes quelques vétérans, je n'ai que…

Il eut un geste vague de la main en direction d'une demi-douzaine de recrues espagnoles qui s'échinaient dans les manœuvres hautes.

— Je n'ai que ces repris de justice, soumis certes, mais bretteurs, ignares, ne connaissant mie à la navigation, et ne s'y intéressant point. Ils sont galiciens, basques, catalans et ne partagent avec nous rien de plus que la haine du Castillan. Ah, bien sûr, ce Santiago, que tu connais déjà, et celui-là, le Jésuite, que tu aperçois près de la grande écoutille, ces deux-là nous secondent assez bien. Mais les autres…

François allait ajouter quelque chose quand une arquebusade leur fit tourner la tête de concert vers la hanche bâbord. Au bastingage, entre les canons du premier pont, N'A-Qu'Un-Œil, déjà grand compère d'Oualie et de Mana, entraînait les Naturels au maniement des armes à poudre. Tirs debout ou un genou à terre, les tubes sans appui ou calés sur la lisse, les hommes s'accoutumaient au recul, au bruit, se familiarisaient avec les pièces, la charge, le maniement des briquets et des mèches, les doses de poudre et de pulvérin, les techniques de bourre, ensuite apprivoisaient les canons sur leur affût, le maniement des haussières, des palans et des bragues, le remplissage des gargousses…

C'était divertissement d'observer les Amériquains, ces fiers guerriers kalinagos, mangeurs de chair humaine, si patauds, sursautant à chaque détonation, fermant les yeux au moment d'allumer les mèches ou d'appuyer sur les détentes, crispés dans l'attente du recul. Nous riions et ils riaient, conscients de leur incompétence, mais exaltés d'apprendre. Arquebuse, arme d'hast, sabre d'abordage, tout était nouveau pour eux, et nos meilleurs hommes en la matière, Urbain et Vernois à l'épée et à la pertuisane, Poing-de-Fer et Santiago à la hache, Grenouille au poignard et le Jésuite au pétrinal, leur prodiguaient leurs méthodes. Aux techniques de combat corps à corps, toutefois, les Kalinagos restaient imbattables, même contre N'A-Qu'Un-Œil, notre maître ès lutte. Seul Urael, en tant que guerrier wayana, avait quelque succès en ce domaine, employant des techniques familières aux Naturels.

— Si nous voguions directement vers Virgen-Santa-del-Mundo-Nuevo, fit remarquer Cape-Rouge au cacique, tes hommes, là en bas, ceux qui sont malades, se réjouiraient. Nous naviguerions alors grand largue, bâbord amures, sans roulis. Mais j'ai l'intention d'atterrir dans une rade de la *Tierra Firme* entre cinq et dix lieues de la redoute.

— Tu connais l'endroit ?

— J'en ai quelques-uns en tête, certains avec facilité d'approche, mais trop près de routes fréquentées par les vingt-quatre canons du vice-roi. Aussi, l'anse que je favoriserais, quoique difficile d'approche à cause des basses* et même si elle nous obligeait à transborder les armes avec les barques, ne présenterait aucun danger de nous y faire surprendre; de plus, il y coule une source qui nous permettrait l'approvisionnement en eau avant la marche.

— D'autres désavantages?

— Neuf lieues de trajet dans la forêt avant d'atteindre Virgen-Santa-del-Mundo-Nuevo par-derrière.

— Bof! Mes guerriers y sont accoutumés.

— Point mes gens.

— Ils ont des bottes?

— Pour les mieux nantis, des brogues de mauvais cuir avec des semelles de paille.

— Ça leur cornera la plante des pieds.

Les deux mains appuyées sur la lisse, les bras droits, la tête dans les épaules, Cape-Rouge fit une moue qui exprimait sa perplexité. Il soupira en toisant sans conviction ses recrues dans les haubans. Une main sur l'épaule du cacique, il proposa:

— Viens. Regardons ensemble les portulans. On trouvera peut-être meilleure solution.

Le *teniente* Joaquín Rato observait avec satisfaction les hommes désassembler les échafaudages. Les trois murs qui enceignaient maintenant Virgen-Santa-del-Mundo-Nuevo contre le cap de granit n'affichaient aucun raffinement et s'érigeaient — comme c'était coutume encore à l'époque — à la manière médiévale : simple rempart de pierre et de mortier surmonté de créneaux avec chemin de ronde. Point de tour ni de mâchicoulis.

Pointant entre les merlons, face à la mer, des bombardes — et même quelques monstres en bronze de calibre six —, parées à défendre la redoute contre toute tentative d'invasion.

Il était temps.

Les rumeurs à propos des richesses de la cité d'or couraient maintenant dans tous les comptoirs du continent et chacun savait que le *capitán* Luis Melitón de Navascués avait saisi le trésor de Cape-Rouge après la destruction de l'île Lilith. La convoitise enflait sûrement parmi les graines de pirates qui s'aventuraient toujours plus nombreuses dans les eaux du Pérou. Les Français, d'abord, ces suppôts de Calvin, qui fuyaient les troubles religieux du royaume d'Henri II, exacerbaient leurs propres sentiments antipapistes en s'attaquant aux possessions espagnoles. Et avec chaque jour plus d'audace. Il était vrai aussi que ces parpaillots ne se réclamaient plus guère de Dieu dans les massacres qu'ils perpétraient et dans le plaisir évident qu'ils tiraient à supplicier les victimes de leurs rapines.

Il y avait aussi ces Portugais qui, avec hypocrisie, grappillaient au-delà des territoires permis par les traités de Tordesillas* et de Saragosse. Il fallait continuellement être au guet de leurs tentatives de repousser la ligne vers le ponant. Et c'était aussi sans compter les Anglais, les Hollandais, les Danois même — le *teniente* en avait croisé personnellement —, qui commençaient à arborer leurs pavillons dans les Indes occidentales.

Non, il était temps, grand temps, que Virgen-Santa-del-Mundo-Nuevo devînt une redoute digne de ce nom et qu'elle protégeât de tous ces pillards potentiels les richesses qu'elle renfermait.

— *¿ Excelencia ?*

— *¿ Sí ?*

Felipe, le jeune page que le *capitán* avait laissé au service de son lieutenant en attendant son retour, lui tendait un godet de vin. Joues rouges, sueur aux tempes, le garçon haletait. Du coin de l'œil, Rato nota la silhouette fragile d'une Naturelle nue qui filait par l'arrière du quartier des officiers.

— Tu en as mis du temps! fit l'officier en fixant le regard fuyant du page.

— Je... Il m'a fallu ouvrir un autre bussard*, Excellence.

Une raison supplémentaire pour laquelle le *teniente* se réjouissait de l'achèvement des fortifications était que le *capitán* avait amputé la *bandera* d'une quarantaine de soldats — sans parler des esclaves — et que, s'ils restaient nombreux à garder la place, ce n'était point de la meilleure graine. Ah! Ce continent maudit, aimant de toutes les convoitises, combien de menaces recelait-il encore, menaces qui pesaient, jour après jour, sur les trésors de Virgen-Santa-del-Mundo-Nuevo et sur ceux qui la voulaient défendre?

— Felipe.

Le page s'immobilisa tandis qu'il venait de pivoter pour s'en retourner vaquer à ses devoirs.

— *¿ Sí, Excelencia?*

— Ramène cette Sauvagesse dans l'aire des esclaves...

— À... à vos ordres, Excellence.

— Et n'oublie point de demander à Pablo de la bien fouetter pour lui apprendre à badauder là où elle n'a point affaire.

Des jours à creuser.

Des jours à suer.

Des jours à mourir.

Le *capitán* Luis Melitón de Navascués devait se rendre à l'évidence : ses esclaves tombaient l'un après l'autre, à bout de forces. Chaleur, faim, soif, serpents, scorpions, moustiques, fièvres… la forêt ne laissait aucun répit et ni les menaces ni les coups de fouet ne convaincraient désormais les Naturels de creuser plus vite, plus profond, plus longtemps. Les soldats eux-mêmes, pourtant mieux nourris, sans sévices à souffrir, n'excavaient point davantage. Il aurait fallu du repos et du temps… s'il n'y avait pis : hormis quelques babioles trouvées ici et là — un plat en argent, une statuette en or, quatre *zemís*, en or aussi, de la grosseur du pouce —, il n'y avait rien ! Plus rien ! Que de la pierre envahie de mousse, de terre et de racines.

La cité d'or se révélait une gueuserie, une canaillerie, au mieux, un rêve. La fortune à en extraire se trouvait déjà exploitée et les ambitions du *capitán*, gloire, prospérité, mariage, ennoblissement, s'évaporaient avec la sueur de ses esclaves sous la fournaise de la Nouvelle-Espagne.

Ce soir-là, son plastron jeté avec fureur dans les fourrés, le corps recouvert de cendres pour se protéger du harcèlement des moustiques, ses cheveux coulant en mèches grasses de chaque côté de son visage, il ne pria point. Il s'étendit sur le lit de feuillage qui lui servait de couche et, incapable de dormir, se consuma de haine pour le mauvais sort qui s'acharnait sur lui : pour la noblesse qui le méprisait de n'être point né noble et qui le mépriserait de ne point vieillir noble ; et pour son ami, là-bas, dans l'Estrémadure, son financeur, qui ne lui baillerait jamais la main de sa fille — tendre *doña* Isabella. Les richesses que le *capitán* ramènerait, trahissant les promesses du départ, même amalgamées au trésor de Cape-Rouge, ne couvriraient plus que les dépenses du voyage, la perte de la caravelle, l'achat de l'horrible hourque, les soldes des troupes, les autres dépenses inhérentes à la *bandera* et les pots-de-vin aux administrateurs des ports d'Espagne pour faire entrer la cargaison sans que les maltôtiers* du Conseil des Indes y portassent leurs griffes.

Pourquoi Dieu, qu'il défendait si ardemment, Se sentait-Il obligé d'éprouver sans cesse sa foi ? Le *capitán* ne promouvait-il point suffisamment la vraie religion autour de lui ? Ne l'impulsait-il point par ses propres paroles et ses propres actes ? par sa haine du protestantisme et par ses attaques contre les suppôts de Calvin ? Quelles épreuves lui faudrait-il encore traverser avant de pouvoir enfin aspirer à ses ambitions ?

Un moustique vint bruire tout contre son oreille, l'emplissant de la maussaderie de son bourdonnement. De Navascués frappa si fort avec le plat de la main qu'une stridence vrilla son oreille longtemps après que la douleur se fut dissoute. Des singes hurlèrent au loin, réveillés par quelque danger — ou quelque illusion de danger —, une chouette lança un appel au milieu du chant des grenouilles et du piaulement d'autres bêtes nocturnes. Des esclaves râlaient, des soldats ronflaient, d'autres pétaient.

Luis Melitón de Navascués finit par s'endormir d'un sommeil agité peuplé de cauchemars.

12

— Que t'en semble? demanda Cape-
Rouge.

— J'en suis aise, approuva le cacique
François sans hésiter et en se redressant.

Il se tenait du même côté de table que
notre capitaine, les mains appuyées sur le
rebord, les yeux sur le portulan. Dans l'espace
pourtant restreint de la cabine, les entouraient
N'A-Qu'Un-Œil, Oualie, Urbain, Mana et
Urael, l'un appuyé contre le mur tribord,
l'autre, le bâbord, celui-ci contre le baldaquin
de la couche, celui-là contre le chambranle
donnant sur la galerie ou contre celui de
l'entrée.

J'étais aussi présent, mais dans le coin
le plus reculé, à deux pas de la porte de la
cabine. De l'autre côté de la cloison, j'oyais
les éructations de Philibert, le timonier, et le
couinement de la barre. Je me glorifiais
intérieurement qu'on me permît ainsi de
participer aux discussions de ces puissants,
ces maîtres, qui complotaient en secret la

destruction d'une place forte. Même sans rôle majeur à jouer, je me targuais de cette importance.

— Je te laisse la direction des opérations à terre en compagnie de N'A-Qu'Un-Œil, proposa notre capitaine au cacique. Tous les deux commandant de concert pour les tactiques d'approche et d'attaque de la redoute, mais chacun responsable de ses propres hommes.

François avait délaissé la table pour s'approcher de la fenêtre. Il ne s'y attarda qu'une seconde, observa ensuite un simple crochet sur le mur, caressa le bois du bout des doigts, balayant du regard le plafond, le plancher… On eût dit qu'il se plaisait à retrouver des lignes, des nuances, des textures qu'il avait connues jadis.

— Ça me va, dit-il enfin, d'une voix lente, distraite.

— Si le cacique est d'accord, je le suis aussi, agréa N'A-Qu'Un-Œil. Mais j'aimerais savoir qui m'accompagnera parmi *nos* hommes.

— Urael, d'abord, répondit Cape-Rouge, non sans jeter un coup d'œil en direction d'Oualie et de Mana… ensuite nos matelots les plus aptes au combat : Poing-de-Fer, Urbain, Grenouille et la plupart de ces nouvelles fripouilles récemment recrutées, notamment ce costaud de Santiago et ce redoutable tireur qu'est le Jésuite.

— Ça me fait quand même une belle bande de nouveaux dont je n'ai aucune idée des aptitudes au feu, s'étonna N'A-Qu'Un-Œil.

— C'est vrai, approuva Cape-Rouge. D'un autre côté, on connaît leurs aptitudes sur un navire et ça ne vaut guère un pet de poule. Lorsque, pour faire diversion et vous faciliter l'approche, l'*Ouragan* s'obligera au large de la redoute sous le feu des canons, qu'il nous faudra couler la hourque et qui sait quel autre bâtiment à la solde des Espagnols, j'aurai besoin de vrais marins, point de ferrailleurs. Nous ne sommes point nombreux assez pour les manœuvres et chacun devra faire emploi double, donc être déjà familier avec toutes les gouvernes. Sans compter que nos novices n'entendent le français qu'à demi et risquent de mal interpréter une directive.

Pendant les deux jours qui suivirent, les vents étaient contraires et nous ne pûmes cingler en direction de l'anse repérée par Cape-Rouge et François. N'A-Qu'Un-Œil et Urbain en profitèrent pour exalter davantage les recrues, leur promettant tant de richesse à la suite de notre victoire que chacune aurait donné sa main droite pour participer à la bataille. Le Jésuite, en particulier, s'attira la sympathie de nous tous avec sa verve — son prêche, ricassa Urbain — quand, un soir, il improvisa une harangue à l'égard de nos compères espagnols. En langue castillane fort bien maîtrisée, il les convainquit de la justesse de débarrasser les Indes occidentales de la racaille de Charles Quint, fût-elle papiste comme eux, «comme moi — précisa le Jésuite en frappant du poing sa poitrine à la hauteur du poignard-crucifix pendu à une cordelette — oui, moi, ainsi que vous, qui préfère m'allier à des huguenots français, à des païens, voire à des cannibales, plutôt qu'à un ramas de dévots qui trahissent le message du Christ en pourfendant de l'Indien comme ils le feraient de porcs. Ils les réduisent en esclavage, quelle honte! Des enfants nés de l'Éden, sans la tache originelle, et que notre responsabilité en tant que chrétiens est d'amener à la vraie foi.»

Urbain, le seul parmi nous qui entendait le castillan, me regardait sans rien dire, incertain de l'effet que généraient les paroles sur l'équipage.

— Foin de l'hypocrisie espagnole! poursuivit le Jésuite qui ne clamait plus, mais hurlait en crachant des postillons à haute teneur en vin. Foin de leur fourberie à l'égard du Saint-Siège qui onques n'approuvera leurs méthodes. Pour le pape! Pour la foi! Sus à l'Aragon et à la Castille!

Urbain eut pour moi un rictus exprimant sa réserve, mais, la seconde d'après, le pont explosait des cris enthousiastes de nos recrues.

— Sus à l'Aragon! Sus à la Castille! Sus à Léon et à l'Estrémadure!

— Vive les Basques! Vive la Navarre!

— Vive la Galice et la Catalogne!

— ¡ *Viva la Francia!*

Et tous ces drôles se congratulaient, s'embrassaient, se donnaient force tapes dans le dos, soudés tout à coup, non plus seulement par le sort qui les avait jetés en une prison des Indes et les en avait retirés, mais aussi par un étrange pacte qui venait moins de leurs origines communes que de leur haine collective du Castillan. Galvanisés, ils se regroupèrent aussi autour de cette croisade controuvée qui leur semblait une mission autrement plus noble et plus sacrée qu'une vulgaire tuerie dans le but de se revancher et de s'enrichir.

Le Jésuite, qui me cligna de l'œil à la dérobée, improvisa ensuite une messe sur le tillac à laquelle participèrent toutes les recrues. Même certains anciens se laissèrent prendre au jeu pour se recueillir parmi eux, notamment Joseph, les jumeaux Robert et Philibert, Main-de-Graisse et Poing-de-Fer. Assis au pied de la dunette ou dans les entreponts, les Kalinagos s'étaient depuis longtemps désintéressés de la cérémonie.

Urbain m'entraîna à l'écart, masquant difficilement son hilarité, et eut un signe d'apaisement à l'égard du capitaine et du cacique qui, hébétés, observaient la scène du haut du château de poupe. Poing-de-Fer et Joseph décrochèrent tout de même à la communion, rite par trop catholique à leur âme de huguenot, mais y revinrent incontinent lorsqu'ils réalisèrent que le Jésuite rendait hommage davantage au sang qu'au corps du Christ, bénissant de gestes évasifs un tonneau de vin sur le pont.

L'anse où débarquèrent N'A-Qu'Un-Œil, Urbain, Urael, Poing-de-Fer, Grenouille, la plupart des recrues espagnoles et toute la horde de cannibales sous la gouverne de leur cacique fut baptisée «les Grosses Fesses» à cause de deux énormes blocs de granit ronds et bien lisses qui se côtoyaient. Il fallut tout l'avant-midi pour décharger le stock d'armes, de poudre et de munition à l'aide du youyou et des *canobes*. Il fallut ensuite fabriquer les hottes et les brancards nécessaires au transport du matériel, faire de l'eau, réapprovisionner le navire en viandes et en fruits, avant que, finalement, les Kalinagos, sous le commandement de leur cacique, et nos recrues, sous la responsabilité de N'A-Qu'Un-Œil, pussent s'ébranler à travers la frondaison.

À bord, nous ne restions que les quelques éléments nécessaires pour mener le navire et manœuvrer les canons, c'est-à-dire une quinzaine. Louvoyant au plus près, sous basses voiles seulement et sans éloigner trop le galion de la côte — juste assez pour être invisibles à quelque guetteur, en fait —, nous remontâmes le vent, peu pressés, dans la même direction que nos hommes à terre, soit celle de Virgen-Santa-del-Mundo-Nuevo à neuf lieues de là. Le lendemain soir, déjà, nous mouillions au large de la redoute, mais en restant sous la ligne d'horizon. Nous attendions l'après-midi du surlendemain, moment prévu de l'attaque, quand le soleil commencerait à rejoindre la mer selon le même orientement que l'*Ouragan*, nous masquant aux riverains et aveuglant les canonniers espagnols.

Au matin, tôt, avant même que s'embrasât le ciel, le youyou, sous la gouverne de Vernois, partit en reconnaissance. Nos hommes rencontrèrent un pêcheur taíno solitaire qui, sa *piragua* affrontant courageusement les vagues du flux, les laissa approcher sans démontrer la moindre inquiétude. On le captura sur-le-champ.

Il s'appelait Yuisa.

Dans la cabine de Cape-Rouge, des zagaies de cérémonie ornées de plumes et aux poignées cerclées d'or — cadeaux du cacique — décoraient chaque chambranle de la porte du balcon. Sur la table servant de bureau, un crâne aux os blanchis trônait ainsi qu'un macabre trophée. Le capitaine savait que ces objets fortement associés aux Kalinagos, ennemis jurés des Taínos, produiraient leur effet sur le prisonnier. Et ce dernier, en effet, les remarqua immédiatement lorsqu'il fut introduit dans la pièce, encadré par Vernois, Robert et moi.

— Tu n'as point à craindre d'être livré à nos alliés ni d'être mangé si tu acceptes de coopérer, lança Cape-Rouge en guise d'introduction dans son arawak le plus soigné.

S'il fut surpris d'être si bien interpellé dans sa langue, Yuisa n'en démontra rien. Il n'exprimait pas même de peur. Il se contenta de marcher le nombre de pas qu'on lui imprima dans la cabine, de s'arrêter quand on le retint et d'attendre. Ses épaules un peu voûtées, son dos rondi et ses jambes arquées, contre lesquelles ballottaient ses mains liées de chanvre, n'exprimaient ni angoisse ni questionnement, mais une simple résignation tranquille, le renoncement de celui qui est conscient de sa vulnérabilité et qui s'en accommode.

— Comment t'appelles-tu?
— Yuisa.

Sa voix était claire, sans trémolo aucun, sans flottement. Ses yeux allaient et venaient sur les cloisons, les armes, le crâne sur le bureau, les objets de navigation dont les usages, pour lui, paraissaient bien mystérieux.

— Ta famille demeure dans Virgen-Santa-del-Mundo-Nuevo?

— Je vis seul dans une hutte sur la berge.

— Tu n'as point de famille?

— Les *yares* blancs ont tué les miens depuis longtemps.

Il ne fixait point Cape-Rouge, quoique la peur n'eût rien à y voir : ses yeux, seulement, avaient encore trop à découvrir de l'intérieur d'un navire sur lequel il montait sans doute pour la première fois.

— Tu nous détestes, alors?

— J'ai appris à ne plus haïr. Depuis longtemps aussi.

Notre capitaine, sa mante écarlate posée sur le dossier de la chaise et lui faisant comme une aura sanguine, fixa le Taíno en laissant sa main caresser distraitement le rebord de la table. On eût dit que le contact du bois contre sa paume l'aidait à jauger l'homme devant lui. Il demanda :

— Tu sais que nous, les Français, ne sommes point de la même nation que ceux qui ont détruit ta famille?

— Je sais.

— Je t'apprends donc que nous sommes ici pour détruire Virgen-Santa-del-Mundo-Nuevo et tous les soldats espagnols qui s'y trouvent.

Pour la première fois, Yuisa croisa le regard de Cape-Rouge.

— Ils sont trop nombreux pour le petit nombre d'hommes que j'ai aperçus sur ta pirogue géante, répliqua-t-il après un moment. Les diables espagnols possèdent aussi plus de bouches qui crachent le tonnerre que toi.

— Justement… rétorqua Cape-Rouge.

Il fit un signe silencieux à Vernois qui s'empressa de couper la corde qui liait les mains du Taíno. Ce dernier n'exprima aucune reconnaissance ; il se contenta de regarder notre capitaine en massant ses poignets. Cape-Rouge se leva tout en demeurant de son côté de la table. Il enleva ses bésicles et répéta :

— Justement. Si tu voulais bien nous instruire de tout ce que tu connais de l'intérieur de cette redoute, non seulement vengerais-tu les tiens des anciens sévices que leur firent subir les Espagnols, mais aussi assurerais-tu ta liberté, ta vie et ton bonheur à venir.

Le *capitán* Luis Melitón de Navascués compta ses hommes — vingt-sept, car deux autres étaient morts des fièvres la veille —

puis ses esclaves — vingt-deux, car ils étaient encore plus mal nourris que les soldats et leurs blessures ou maladies, jamais traitées, ainsi tombaient-ils plus vite. Ensuite, de Navascués les étudia comme il avait pris coutume tous les matins lorsque la lumière se voulait suffisante et que retentissaient les premiers coups de pelle. Peut-être parce qu'il avait mieux dormi, qu'il avait l'œil et l'esprit plus clairs, il les trouva différents des autres levers. Et ce qu'il découvrait ne lui plaisait point.

Point du tout.

Muscles maigres, côtes saillantes, peaux grises, sueurs abondantes, regards exorbités... Un ramassis de loques qui s'ébrouaient avec la diligence d'escargots cagnards, en râlotant et en toussant. Depuis près de deux semaines, ni or ni argent ni quelque richesse que ce soit n'avait plus été excavé des ruines. Seulement des railleries, aurait-on dit, car, ici et là, quand on mettait à jour un mur sculpté de rondes-bosses, une statuette sans valeur ou une idole de pierre, toutes des représentations de dieux païens, le *capitán* croyait ouïr en sa tête les voix gouailleuses de ces figures grotesques : « Vous voilà bien larronnés à votre tour ! ricassaient-elles. Partez avant que notre Terre Mère finisse de vous engloutir. Partez!»

Ce matin-là, comme tous les matins, de Navascués s'agenouilla au pied de sa couche pour sa prière matutinale. Mais, ce matin-là, contrairement à tous les matins, une paix étrange coula en lui ainsi qu'une cascade fraîche: Dieu, sans doute. La sérénité le submergea avec la soudaineté d'une averse quand il se résigna enfin à voir s'éloigner de lui la promesse des mains blanches de *doña* Isabella.

Il était temps de rentrer à Virgen-Santa-del-Mundo-Nuevo.

13

Les canons de l'*Ouragan* ne s'apparentaient guère les uns avec les autres puisque nous les acquérions à mesure de nos rapineries, les transbordant d'un navire pillé selon leurs qualités et nos besoins, amassant indifféremment couleuvrines, bombardes et pièces de quatre, tubes de fer autant que de bronze, que nous disposions en fonction de leur calibre sur différents niveaux de sabords, les plus lourds aux batteries inférieures. À la lisse de bastingage, montés sur leur pivot, moult pierriers secondaient les couleuvrines et nous permettaient, juste avant un abordage, de balayer le pont ennemi d'une mitraille destructrice. Mais à distance, pour espérer causer quelque dommage que ce soit à un autre bâtiment, il fallait user de nos plus grosses pièces sur le faux-pont.

Voilà pourquoi, promu canonnier pour la circonstance, je me retrouvai à la batterie basse, la moitié des canons dehors, car, à quinze, nous n'étions point assez nombreux pour les utiliser tous. Bragues bien serrées, refouloirs et écouvillons à portée de main, gargousses à nos pieds, j'attendais en compagnie de mes camarades l'ordre de notre capitaine de mettre le feu aux poudres.

— Yuisa, j'aurais une mission plus importante pour toi, avait déclaré Cape-Rouge, la veille, après que le Taíno nous eut tenus au courant des détails relatifs à la construction et à la sécurité du préside, à l'emplacement du magasin de poudre et au nombre d'hommes aptes à la défendre.

— Ça n'est point possible à qui n'est pas Blanc de rester en les murs pour la nuit, avait répliqué le pêcheur. Depuis peu, on ferme les portes dès que le soir s'installe. Les seuls non-Blancs qui restent sont les esclaves qu'on fait enchaîner dans leur enclos.

Il faillit préciser que c'était depuis qu'il avait aperçu le *capitán* de Navascués abandonner la place pour partir en forêt, mais jugea le détail insignifiant et le tut.

— Ne t'en fais pas, avait rétorqué notre capitaine, je n'ai point besoin de toi à l'intérieur; ce sera trop dangereux quand nos hommes à terre déclencheront l'attaque.

Il s'était tourné vers Vernois pour demander:

— Quels navires mouillent au quai?

— La hourque de de Navascués, bien sûr, répondit notre maître charpentier. Lourdaude, avec deux ridicules mâts à pible, basses voiles et huniers, quatre canons. Une misère. Autour mouillent une frégate marchande à deux mâts, non armée, un brigantin en radoub, démâté, puis quelques barques, phelibots et pataches qui ne peuvent nous menacer.

— Le seul poursuivant éventuel serait donc la hourque?

— Elle n'aurait point la vitesse pour nous rattraper, mais ses canons pourraient nous empêcher de manœuvrer plus près de la rive.

Cape-Rouge s'était tourné de nouveau vers Yuisa.

— Avec ta pirogue, discrètement, nous aimerions que tu approches le gouvernail du navire de de Navascués et que…

— Je ne sais point ce qu'est un gouvernail, interrompit Yuisa.

— Oh, ne t'en fais point, on va t'en instruire. Si tu peux approcher celui de la hourque, donc, tu y placerais ces deux boules que je tiens dans mes mains. Nous les appelons «grenades». Une fois les mèches allumées, il te faudrait fuir le plus loin possible, le plus vite possible. Tu pourrais le faire ?

— Facile.

— Tu *voudrais* le faire ?

— …

— Si tu acceptes, tu deviendras membre à part entière de notre équipage. Jamais plus tu ne seras seul.

— …

— Pour amorcer les hostilités, nous nous fierions sur toi. C'est toi qui choisirais le meilleur moment pour nous faire paraître de l'horizon avec le soleil dans le dos.

Toujours silencieux, Yuisa fixait notre capitaine dans les yeux pendant que celui-ci l'entretenait. En d'autres circonstances, Cape-Rouge aurait considéré cette attitude comme méprisante et le pauvre pêcheur en aurait subi force représailles. Mais dès qu'il s'agissait de Taínos, le redoutable pirate affichait une tolérance qu'on ne lui connaissait qu'envers ses hommes les plus loyaux. Une vieille dette morale, avait-il admis un jour dans l'un de ses rares moments de confidences.

La double explosion se fit entendre un peu avant cinq heures du soir, le lendemain, nous ouvrant ainsi la voie pour les approches

du quai de Virgen-Santa-del-Mundo-Nuevo.
Si les canons de la hourque ne se trouvaient
point touchés, du moins le bâtiment n'avait-
il plus toute latitude de venir nous couper la
route.

Lorsque nous nous approchâmes par le
travers afin de nous trouver à portée de tir
du préside, un roulis malvenu non seulement
vint limiter nos capacités de visée, mais nous
laissa sur nos gardes, le moindre renchéris-
sement pouvant faire embarquer par les
sabords ouverts. Si jamais il nous fallait
manœuvrer en vitesse pour éviter un feu trop
nourri ou pour fuir, puisque nous n'étions
point en assez grand nombre, il nous faudrait
alors rentrer la batterie et fermer les sabords
pour nous précipiter aux écoutes.

— Feu !

Nous fîmes cracher fumée et boulet à
quatre bouches en cadence, perdant un seul
projectile dans la frondaison, un autre fra-
cassant les allonges de sommet de la hanche
tribord de la hourque — sans grand dégât,
mais avec un avantage psychologique certain —, le troisième ébranlant les créneaux de
la redoute, et le dernier se perdant quelque
part à l'intérieur des fortifications, laissant

espérer qu'il avait touché quelque mur d'importance ou peut-être même fait exploser la tête d'un ou deux soudards.

— À volonté! hurla Cape-Rouge. Gardez le train, Sang-Diou! Feu! Feu!

Personnellement, je maintins un rythme qui, sans battre exploit de corsaire aguerri, donna à mon capitaine matière à poser sur moi un regard satisfait. Toussant et pleurant dans la fumée, je stimulais mon partenaire, une recrue guère plus âgée que moi, que j'injuriais de toute ma gamme — assez étendue, ma foi — de jurons et de mots grossiers. Il vidait les gargousses tandis que je relâchais les palans, il me tendait poudre et boulets que je foulais dans le tube, il resserrait les arrimages tandis que je m'efforçais de corriger les angles de tir et il me tendait la mèche avec laquelle je remettais le feu à la poudre.

Nous ne pouvions entretenir, à deux hommes par canon, une cadence suffisante pour jeter à terre une redoute défendue par une compagnie de soldats en mal de combats. Aussi la riposte ne tarda-t-elle point à venir. Une dizaine de boulets soulevèrent des jets d'eau à distance plus ou moins importante du galion avant qu'on entendît pour la première fois le fracas d'une volée de bois et de fer balayer le premier pont. Une portion du bastingage de la dunette venait d'être touchée.

— Tribord amures! hurla Cape-Rouge à l'intention de Philibert. Prends-moi ce foutu vent largue! Qu'est-ce que vous moisissez en bas, Sang-Diou! Feu! Feu de tous vos...

Le reste de sa phrase se perdit dans les salves quasi simultanées de Joseph et de Main-de-Graisse.

J'avais une charge prête à tirer quand l'angle du navire, une fois tribord amures, m'empêcha de viser la redoute. J'attendis quelques secondes, croyant que l'inclinaison me redeviendrait favorable, mais le mouvement de la manœuvre, marié au roulis qui forcissait, jeta une trombe d'eau à travers le sabord, noyant le canon en même temps que mon acharnement.

— Batteries en dedans, sabords fermés! hurla Cape-Rouge. Tous sur le pont! Philibert! Philibert! Maintiens le cap, tu comptes cent secondes, tu sais compter jusqu'à cent, oui, Sang-Diou? Ensuite, tu reprends le vent par le travers, encore cent secondes, reviens tribord amures, tu louvoies, d'accord? Je veux la redoute en vue sans arrêt. On va continuer à canonner ces fils-de-rien qui ne sont point ferrés pour nous mettre un seul boulet dans les gréements! Tout le monde à son poste, carguez les basses voiles, on court avec les huniers seuls et la latine d'artimon. Grouillez-vous!

Avec une frénésie qui étouffait toute peur et stimulait l'ardeur au combat, nous nous affairâmes aux drisses et aux cargues tandis que les recrues préparaient les charges des prochaines salves. J'entendis le grondement sinistre d'un boulet de six livres qui rasa la mâture à trois pouces de ma tête et qui, sans toucher quelque manœuvre que ce soit, finit son trimard loin dans les rouleaux d'écume.

— Feu!

À un train plus rapide — car les vieilles bombardes de fer, moins puissantes que les bronzes du faux-pont, se maniaient plus facilement —, nous reprîmes les tirs contre les murs de la redoute. Nous n'y faisions point trop de mal à cause de la distance et du peu de vélocité qui restait à nos boulets en les atteignant — quand ils les atteignaient. De plus, le galion dansait tellement sur le roulis et dans les mouvements imprimés par la gouverne nerveuse de Philibert que nous avions bien de la peine à ajuster un tir convenable.

Quoi qu'il en soit, notre but premier était moins d'abattre les remparts que d'attirer l'attention des Espagnols vers la mer pendant que nos hommes à terre — si tant était qu'ils avaient bien réussi à atteindre le préside par la forêt — engageraient l'attaque par-derrière, du haut de la falaise.

Dans les lèvres fermées de notre capitaine et les regards fréquents qu'il lançait au-delà des fortifications, je me doutais bien que la question le tourmentait. Avec le soleil qui rasait maintenant les flots et illuminait la forteresse d'une belle lumière dorée, nous commencions à nous demander si notre action avait seulement valu la peine.

Au moment où j'enflammais une charge qui tira son boulet en plein sur le sommet d'un merlon, Cape-Rouge abattit le bras pour nous signifier le cessez-le-feu.

— Retournez à vos postes, larguez les basses voiles! Brassez en pointe! Philibert, prends cette bordée du large et éloigne-toi juste assez pour être hors de portée de leurs canons! Sang du Christ! Écoutez-moi cette musique!

Nous entendions un crépitement nouveau qui s'accolait au bruit de la mer et qui avait fait taire les canons de la redoute.

— Ce sont les arquebuses de Tourtelette, claironna Cape-Rouge. Ce sont nos gens. Les cannibales attaquent!

Le *teniente* Joaquín Rato grogna intérieurement. Toutes ces esclaves nues qui travaillaient aux jardins avaient la fâcheuse incidence d'attiser le désir des soldats qui ne vaquaient à leurs devoirs que d'un œil constamment distrait. Comment se faisait-il que le *capitán* n'avait point encore donné instructions d'habiller ces guenons avec plus qu'un simple carré de gossapin? Heureusement que le lieutenant avait pris l'initiative de mettre toutes ces bagasses* — ainsi que les pêcheurs, chasseurs et autres Sauvages — hors les murs dès le soir tombé de manière à diminuer d'autant les querelles entre les hommes à la fin des quarts. S'il lui était possible, maintenant, d'interdire ces jeux de hasard, dés et lansquenet, trente et un et espinay, où les troupiers jouaient leur solde — du moins, celle à venir — et de réduire la consommation de vin et de cidre... Mais il savait bien qu'il lui fallait maintenir quelque manière de distraction, sinon la discipline s'en trouverait encore plus affectée.

L'après-midi était avancé et le soleil abandonnait la redoute qui se recouvrait peu à peu de l'ombre de ses murs. Une fraîcheur venue de la mer succédait au brasier du jour, faisant suinter la falaise d'humidité. Seuls les morions des sentinelles en faction sur le chemin de ronde renvoyaient encore les rayons javelés* du ponant.

— ¿ *Teniente* ?

Un jeune sergent dont il oubliait constamment le nom, incompétent, sans autorité, promu par les relations de sa parentèle et non par ses mérites, lui présentait deux ignames à demi pourries.

— Ces légumes, *teniente*, nous ont été vendus par le misérable contre qui j'ai porté plainte, il y a peu. Ce Sauvage avec la vilaine balafre. Il a pourtant reçu avis que…

Deux explosions rapprochées interrompirent le sous-officier. Elles ne furent point puissantes assez pour étouffer la rumeur des activités de la place, sans doute parce qu'elles émanaient de plus loin que les accès aux fortifications. Rato se désintéressa des tubercules moisis, repoussa le sergent pour se rendre aux escaliers menant au sommet de la courtine et, en quelques enjambées, rejoignit les gardes qui pointaient maintenant leurs arquebuses aux créneaux.

— Qu'était-ce? D'où venaient ces détonations?

— Du quai, Excellence, répondit un garde, une main au-dessus des sourcils pour se précautionner contre la lumière du soleil. On aurait dit la *Doña Isabella*.

— Les marins ont usé des pierriers?

— Je ne crois point, Excellence, répondit un autre garde tout près. Voyez! De la fumée monte de l'arrière. Il y a…

— Le feu au gouvernail! poursuivit le premier soldat.

— Qu'est-ce que cette histoire? ronchonna le *teniente* en redescendant l'escalier.

Avant même d'être de retour sur la grande place, il aboyait déjà ses ordres:

— Caporal! Faites-moi sortir toute cette racaille rouge! Femmes, enfants et marchands! Tous! Et qu'on barricade les portes!

— On nous attaque, Excellence? s'informa un *alférez* en repos qui, déjà, s'emparait de sa broigne de cuir.

— Je l'ignore. Tous les hommes en état d'alerte et à leur poste! Les unités aux créneaux, canonniers et arquebusiers! Toi!

Sergent… j'oublie ton nom. Jette-moi ces foutues ignames et cours vers le quai. Informe-toi auprès des incapables restés sur la *Doña Isabella* s'ils ne se sont point eux-mêmes fait péter une gargousse dans la gueule. Je veux…

Un fracas de bois qui éclate trancha court à ses directives. À moins de trente pas, la porte d'un bâtiment volait en morceaux, proprement défoncée par un boulet de fonte. Main sur son morion, tête rentrée dans les épaules, Rato mit deux bonnes secondes à se ressaisir.

— ¡*Pardiez!* murmura-t-il. On nous canonne.

De la poussière et de la pierraille l'atteignirent à l'épaule au moment où un soldat sur le chemin de ronde hurlait de douleur. Son voisin le plus proche lançait l'alerte :

— Navire sur la mer ! ¡*Sangre de Cristo!* Il est presque au quai, on ne l'a jamais vu approcher.

Une certaine pagaille domina les premières secondes, mais, rapidement, rompues à l'entraînement et à la discipline, les troupes reprirent leur sang-froid, adéquatement dirigées par des sous-officiers efficaces et un *teniente* Rato impavide et résolu.

Dès que les hommes eurent rejoint leur position, les premiers canons crachaient déjà la riposte en boulets de quatre et six livres.

— Hardi! Hardi! encourageait un *alférez* sur la courtine en se déplaçant entre les canonniers. La cadence est trop faible, les boutefeux. Noyez-moi ce navire de boulets. Allez, toi! Plus de nerf! Les gargousses, par ici! Et toi, là-bas? Quelle blessure? Tu tiens sur tes jambes, non? Alors, qu'attends-tu pour manier ce refouloir?

Un cri de triomphe jaillit des poitrines quand un projectile fracassa le pavois de la dunette. Le mal n'était guère sérieux, les Espagnols le savaient, mais tout gain en situation du genre, si minime fût-il, apportait son lot de contentement.

— C'est le navire de Cape-Rouge! lança au passage un soldat à l'intention de Rato. Je le reconnais.

Le *teniente* resta interdit en fixant le troupier qui arrivait de l'escalier menant au sommet des remparts.

— Cape-Rouge? demanda-t-il enfin. Tu en es sûr?

L'homme qui filait vers le dépôt de munitions s'arrêta une seconde, le temps de répondre à son supérieur.

— C'est un galion à quatre mâts, Excellence. Trois lignes de batteries et couples renforcés. Il y en a peu, dans ces eaux.

Et il reprit sa course.

— Cape-Rouge! murmura le *teniente* pour lui-même. Comment peut-il espérer prendre la redoute avec les quelques hommes qu'il lui reste? Quel coup tordu prépare-t-il?

— ¡ *Madre de Dios*! jura un *alférez*. Mais il bouge sans arrêt! Une pareille grosse baleine! C'est à croire que le diable manœuvre ce gouvernail.

Rato remonta les escaliers pour juger de la situation, mais il n'avait point atteint le dernier palier qu'un boulet de pierre faisait éclater le parpaing d'une encoignure, criblant d'éclats les deux canonniers à proximité.

— Ces coquins ne perdent point beaucoup de boulets, ronchonna l'*alférez* qui s'assura que le sang qui couvrait ses hommes ne provenait que de blessures superficielles. Je voudrais bien que mes artilleurs aient la moitié de leur talent.

— Ils frappent surtout le pied des murs, protesta un vieux *cabo** dont l'indocilité était reconnue. Seulement le pied…

— Suivez leur exemple, alors, coupa Rato, et mettez-leur une bordée à hauteur d'eau !

— Faudrait d'abord qu'ils…

Une arquebusade soudaine, venue non point du pied de la courtine ni des rives ni du quai, interrompit le *cabo* et imprima à tous les gradés le même mouvement de giration sur eux-mêmes pour en trouver l'origine. Leur principal étonnement fut de voir tomber cinq, puis dix, puis vingt hommes au milieu de la place, en bas, tandis qu'aucun assaillant n'était en vue. Le *teniente*, le premier, même s'il n'y croyait point, leva les yeux vers la falaise contre laquelle s'adossait Virgen-Santa-del-Mundo-Nuevo. Ce qu'il vit alors lui tira, davantage qu'un juron, une prière.

— *¡ Que Dios nos ayude !*

14

On avait donné suffisamment de longueur de mèche aux grenades de Yuisa pour
lui permettre de revenir sur la grève avant
les explosions. Le Taíno se trouvait donc déjà
sur la rive quand le fracas se fit entendre et
que les éclisses de bois frappèrent l'eau. Sans
même tourner la tête vers les flammes qui
léchaient la poupe, marchant à l'inverse des
pêcheurs, boutiquiers et curieux qui accou-
raient vers le port, il s'engagea à l'intérieur
de la forêt, récupéra une zagaie dissimulée
plus tôt et s'enfonça dans la frondaison.

S'aidant de ses mains, accroché aux
racines aériennes ou aux branches des kapo-
kiers, il gravit une pente abrupte, dépourvue
de sentier, contournant par la dextre les murs
de Virgen-Santa-del-Mundo-Nuevo. À travers les trouées dans le feuillage, il perçut à
quelques reprises le mouvement des hommes
en contrebas, les ordres aboyés, le remuement
de l'alarme. À mesure qu'il grimpait, il se
disait que ces abords étaient malaisés et qu'il

serait impossible à une centaine d'hommes d'investir la ville de cette manière.

Mais ce n'était point là ses affaires.

Pendant que le tonnerre des bouches à feu commençait d'ébranler la fin du jour, Yuisa atteignit un plateau étroit au plancher de granit contre lequel s'accrochaient, pour toute végétation, quelques fleurs minuscules et un peu de mousse. Il s'arrêta enfin pour souffler, appuyé au tronc d'un arbre qui saillait au-dessus de l'escarpement. Le surplomb ne permettait point d'apercevoir la redoute en contrebas à cause de son avancée qui la surmontait ainsi qu'un encorbellement. Là encore, à moins d'avoir des jours devant soi pour abattre les arbres, il ne voyait point comment on pouvait investir une telle place forte.

La zagaie bien visible tenue à la verticale devant lui, il imita le cri du ouistiti. Le cri tranquille de l'animal qui aspire au repos, et non point celui de la bête aux alarmes. Il n'attendit guère plus de quelques battements de cœur avant de voir surgir devant lui, entre les fourrés, non point la mine farouche d'un Kalinago, mais bien l'air hébété d'un Blanc, sa bouche à feu pointée vers Yuisa.

— Qui es-tu, toi? demanda en français N'A-Qu'Un-Œil, estimant dès lors qu'il n'avait point à élever la voix puisque, de toute manière, cet homme n'y entendrait miette.

— D'où sort ce Taíno? s'informa François qui apparut l'instant d'après, la moitié du visage peinturlurée de noir, un arc en bandoulière, un pétrinal dans les mains.

— Il va nous trahir, tuez-le! suggéra aussitôt un *ouboutou* qu'on n'apercevait point de l'intérieur de la frondaison.

— Non! répliqua François incontinent, une main levée. Il porte une zagaie caribe, l'une de celles que j'ai offertes au capitaine Cape-Rouge.

Il fit deux pas en fixant l'homme qui le défiait du regard, son visage et sa poitrine tatoués aux motifs taínos. Usant de son arawak le plus distingué, le cacique demanda:

— Comment te nommes-tu?

— Yuisa.

— D'où viens-tu?

— De Morovis.

En contrebas, les salves simultanées de trois canons étouffèrent la réplique de François. Quand l'écho se tut, il répéta:

— Morovis est bien loin. Quel message tiens-tu de celui qui t'a donné cette zagaie? Dépêche-toi, le temps nous est compté.

— J'ignore de quelle manière tu t'y prendras pour investir cette place remplie d'Espagnols, mais sache que je la connais bien. Si je ne compte point les esclaves alakus, kapons ou tupinambás, tes guerriers et toi y rencontrerez deux cent trente-huit combattants blancs vêtus de leurs habits de métal ou en peau épaisse. Nos lances et nos flèches y font bien peu de dégâts. De plus, ils sont tous armés de leur…

Il hésita, désigna l'arquebuse dans les mains de François et, comme il allait poursuivre, fut sitôt interrompu par un geste impatient de ce dernier.

— Nous savons tout ça. Tu connais la redoute? Tu es allé à l'intérieur?

— Oui, répondit simplement Yuisa.

Le cacique se retourna vers les hommes qui apparaissaient et se refondaient ici et là dans les fourrés.

— Urbain? Où est Urbain?

— Ici, cacique.

— Viens là. Avec ce Taíno, ce Yuisa, recoupe les informations que tu possèdes sur la redoute : entrepôt de munitions, enclos des esclaves, cache du trésor, sortie secrète éventuelle, inventaire de poudre, tout le tintouin. Pendant ce temps, j'envoie la première ligne d'attaque.

François replongea à l'intérieur de la frondaison en entraînant dans son sillage des dizaines de silhouettes qui semblaient surgir de la masse même du feuillage et des troncs, bougeant là où l'on croyait contempler une pierre, là où ne pendait qu'une ramure inoffensive, là où l'on s'imaginait un espace vide. Le fourmillement se dirigea vers l'escarpement, à l'endroit où une autre multitude attendait. Sous la gouverne de Grenouille et de Mana, les Kalinagos terminaient de nouer des cordes aux troncs des arbres en surplomb, fixées par des nœuds marins solides et ingénieux.

— Parés ?

— Parés, cacique, répondit Grenouille.

— Plus de temps à perdre, alors.

Tous les hommes du village de Mana, sous l'autorité de leur *ouboutou*, honorés de participer au premier assaut, se cramponnèrent aux cordes qui leur étaient désignées, une arquebuse chargée en bandoulière, mèche fumante. Oualie s'approcha et, bien qu'en compagnie de François, répéta lui-même, pour la centième fois, les instructions du cacique.

— Tout est bien compris, n'ayez crainte, dit Mana.

François plaça une main sur l'épaule de l'*ouboutou* :

— Je n'ai aucune crainte.

Mana plaça les lèvres de manière à siffler ainsi qu'un *biuéhûeri* en chasse, un oiseau de proie, puis s'élança dans le vide, ses deux mains s'échauffant dans le frottement contre le chanvre. Aussitôt que lui et ses hommes furent engloutis par l'angle du surplomb et le feuillage, Oualie et N'A-Qu'Un-Œil entraînèrent leurs propres hommes à leur suite. Le cacique et le troisième groupe de combat s'impatientaient déjà.

Les Kalinagos aux ordres de Mana atterrirent avec une belle simultanéité, genoux pliés, arquebuses en mains sitôt les cordes abandonnées, un doigt sur la détente, mèches arquées vers les bassinets. Sur la centaine de soldats qui étaient visibles de leur position, bien peu les aperçurent et aucun n'eut le temps de donner l'alerte.

— *Ápáraca !* hurla Mana. Tue !

Une giclée de mitraille balaya la place en éventail, les armes des premiers assaillants étant bourrées de mâchefer et de verre pilé. La stratégie était de provoquer le plus de dégâts possible chez l'ennemi de manière à briser toute ébauche de ligne de défense ou de tentative de repli vers les baraquements. L'écho de l'arquebusade n'était point encore éteint que les Kalinagos, dispersés en largeur, se camouflaient derrière le moindre abri au pied de la falaise — un buisson, un appentis, une anfractuosité — afin de recharger les armes.

Les Espagnols, trop concentrés sur l'ennemi à l'extérieur, mirent un long moment à comprendre qu'ils étaient pris à revers… en leurs propres murs! La deuxième vague de l'assaut, sous les ordres d'Oualie et de N'A-Qu'Un-Œil, apparut avec la même soudaineté que la première, la même salve dévastatrice! Une autre vingtaine de soldats s'écroulèrent sans même avoir compris d'où venait le danger, une épée au poing pour certains, les mains vides pour la plupart.

— ¡ *Madre de Dios* ! jura un *cabo* en faisant de grands gestes pour regrouper ses hommes autour de lui. Aux armes! Aux…

Il fut proprement fauché par la troisième arquebusade venue des guerriers de Mana qui avaient eu le temps de recharger. Cette fois, en plus du *cabo* et de sa dizaine de soudards, des corps basculèrent du chemin de ronde pour s'écrouler avec lourdeur au pied de la courtine ; on avait délibérément visé ceux qui pouvaient ajuster le tir d'une position avantageuse.

Cette salve étant la dernière prévue au plan d'attaque, la meute de cannibales bondit alors comme autant de diables jaillissant des enfers, rouges et noirs de leurs peintures de guerre, hurlant avec une furie onques entendue, arc au poing ou zagaie à l'épaule, galvanisée par l'arrivée de la troisième vague, les guerriers sous le commandement du cacique qui, coutelas entre les dents, *boutu* ou *machana* au poing, sautaient dans la place, abandonnant au-dessus d'eux l'extrémité des cordes masquées par le feuillage. Pour les Espagnols, surpris et désorganisés, il se passa de longues — oh, trop longues — secondes avant qu'on en vienne à une réaction valide, un barrage qui freinerait enfin l'assaut.

— Point de quartier ! hurla en français N'A-Qu'Un-Œil, aussitôt repris en arawak par Urbain, en caribe par François et même en wayana par Urael.

Déjà, des corps commençaient de s'empiler sur la terre battue, au milieu de la grande place ou entre les bâtiments. Des flaques, puis des nappes, puis des mares de sang étendirent des rigoles de plus en plus longues, aux entrelacs complexes, esquissant des lignes qui évoquaient des racines, des plantes, la vie, mais qui se traçaient à l'encre chaude des âmes troquant avec la mort.

Plusieurs Espagnols, notamment en haut de la courtine et, plus loin, à l'entrée des baraquements, parvinrent à ajuster leurs pétrinaux et escopettes, couchant un cannibale ici, ouvrant une ligne là, permettant ainsi à quelques sections désorganisées de se regrouper pour mieux contre-attaquer. Les hommes de la *bandera* s'étonnèrent de ces Sauvages qui, à ouïr les détonations, ne se figeaient point comme d'autres lors d'affrontements précédents. Pis ! Ces Naturels-ci, menés par quelques traîtres blancs — des Français, il va sans dire —, avaient appris à user des arquebuses.

— Sus à l'Espagnol ! hurla Grenouille tandis qu'il brisait à forts moulinets de sabre

— et secondé de deux Kalinagos du village de Mana — une ligne de cinq hommes ordonnés pour une salve groupée. Pour François! Pour Cape-Rouge!

Toujours au sommet de la courtine d'où il avait une vue générale du mouvement des attaquants et d'où il hurlait ses ordres de riposte, Rato, en entendant le cri de guerre, par réflexe, jeta un œil entre deux merlons. Il constata que l'*Ouragan*, sans plus la menace des canons de la redoute, avait non seulement cessé ses propres tirs, mais avait aussi profité de la bordée du large pour s'approcher du quai au point d'y bientôt mouiller.

— Remparez la porte avec une autre poutre, sang du Christ! cria le *teniente* à un groupe près de l'entrée. Voilà des renforts! Remparez la…

Une flèche se brisa contre la pierre à un empan de son visage. Il se couvrit derrière un canon puis se résigna à quitter sa position privilégiée pour redescendre au niveau des combats. Il s'empara de l'escopette d'un soldat tombé à ses pieds et s'engagea dans l'escalier en s'ouvrant un chemin d'une salve tirée au jugé. Une fois au sol, il fut accueilli par un Kalinago qui n'eut guère le loisir de brandir sa *machana* plus haut que l'épaule avant d'être transpercé par huit pouces d'acier de Tolède.

Rato n'avait plus qu'une idée en tête : protéger le trésor qui risquait d'être pillé, non seulement par les assaillants, mais, dans la confusion, par certains gredins de ses propres troupes. Il fonça vers le quartier des officiers où il entendait faire rempart.

Dans la fumée des dernières arquebusades et au milieu de la poussière, les combattants devaient sans arrêt essuyer les larmes qui leur venaient aux yeux, offrant une teinte d'attendrissement là où l'on n'en éprouvait point. À travers les ahans et les gémissements, les blasphèmes et les imprécations, s'entendaient les aboiements des mâtins qui, lâchés par les dresseurs, s'étaient jetés dans la mêlée. N'A-Qu'Un-Œil, à lui seul, en pourfendit deux, tandis que trois Kalinagos se faisaient proprement arracher les entrailles.

— Mais combien y en a-t-il, de ces monstres ? hurla François sans préciser s'il parlait des chiens autour de lui ou du soldat particulièrement costaud contre qui il s'acharnait à coups de hache — ce dernier, en dépit d'épaules réduites en charpie, continuait à lui emprisonner un poignet de ses tenailles velues.

— Ah! *Boubouyoubou*! jura Oualie, qu'un molosse venait de saisir au mollet, lui faisant échapper son *boutu*.

À demi écroulé, il tira un pétrinal qui pendait lourdement à sa ceinture et, trop empressé, ne se donna point la peine de souffler sur le lumignon quasi éteint. Il appuya le canon sur la tête de l'animal, mordant ses propres lèvres de douleur, ressentant comme autant de poignards les crocs qui transperçaient sa jambe. Il tint la détente fortement appuyée par son indice, le regard brouillé.

— Brûle, par les *zemís*! grinça-t-il entre ses dents. Brûle!

Lumignon trop tiède, pulvérin imbibé de l'humidité de la forêt, la charge fit long feu et la mèche s'étouffa dans la poudre. Oualie s'effondra de douleur en essayant de frapper le chien avec le canon de son arme, mais la bête, animée de toute la férocité que des années de dressage avaient amplifiée, s'obstina à déchirer muscles et tendons. Réduit à l'impuissance du combattant au sol, Oualie tenta de s'emparer de son *boutu* tombé plus loin, mais n'avait point le bras assez long. Il gagnait demi-pouce par demi-pouce en direction de l'arme quand, surgi de nulle part, un deuxième mâtin planta les crocs dans son épaule. Le premier molosse n'attendait qu'une occasion de la sorte pour abandonner la jambe et se précipiter sur ce qui l'affriandait vraiment : le ventre.

Par réflexe, Oualie tendit l'autre bras pour repousser la gueule, mais c'est à peine s'il la fit dévier d'un degré. Les canines écorchaient déjà sa peau lorsque le sifflement d'une *machana* en plein élan se fit percevoir par-dessus les grognements. Dès la seconde suivante, on ouït le choc sourd des os et des chairs qui éclataient : l'arme frappa le dogue sur le côté de la gueule. L'animal roula dans la poussière avec un gémissement sinistre et continua à hurler longtemps après, la mâchoire pulvérisée, incapable à la fois de mordre et de mourir.

Le mâtin qui s'acharnait sur l'épaule d'Oualie lâcha prise pour s'attaquer à la nouvelle menace, mais un second sifflement le fit taire à son tour, et lui pour de bon, car sa boîte crânienne s'ouvrit en répandant la cervelle alentour. Oualie, la jambe écharpée et l'épaule déchiquetée, se laissa choir complètement, se contentant de lever les yeux vers Urael qui, après l'avoir délivré des deux molosses, reprenait le combat sans plus de cérémonie.

Du pont de l'*Ouragan* puis du quai sur lequel nous venions de sauter, la furie des combats s'oyait distinctement par-dessus la rumeur inquiète des Naturels à l'extérieur de la redoute. Nous n'étions qu'une dizaine à vouloir pénétrer dans les murs afin de prêter main-forte aux nôtres, renforts bien faibles en nombre, mais remarquables en courage et en fougue. Avec satisfaction, nous notâmes que les créneaux étaient déserts et que des flammes s'élevaient du côté des baraquements. Nous nous heurtâmes à l'huis et comprîmes rapidement qu'à moins d'aide de l'intérieur, il ne nous serait point possible d'entrer.

Par bonheur, cette aide arriva promptement.

Yuisa, peut-être en raison des promesses de notre capitaine, peut-être en raison du plaisir qu'il retirait à se revancher des Espagnols, décida de poursuivre plus loin l'entente qu'il avait contractée avec nous. Lorsque toutes les troupes de Kalinagos et de Blancs eurent investi la redoute, il s'était laissé glisser à son tour le long des cordes qui descendaient la paroi de granit.

Sans armes, avec son air débonnaire et sa silhouette connue de la plupart des hommes de la *bandera*, il se faufila jusqu'à l'entrée sans que personne tînt compte de lui. Pendant que chacun était occupé à s'écharper plus loin, il déplaça les poutres qui barraient la porte. Avec des hurlements laissant supposer que nous étions beaucoup plus nombreux que la réalité, nous pénétrâmes à l'intérieur des murs, abattant un peu plus l'ardeur des Espagnols et amplifiant d'autant celle de nos compagnons.

Ce qui me frappa dès l'entrée fut l'odeur : celle de la poudre, de la poussière et du sang, bien sûr, celle de la fumée de l'incendie, des chevaux et des chiens, mais aussi celle des viscères qui traînaient çà et là en répandant leur contenu. Cette puanteur m'imprégna à un point tel que, longtemps après, le simple fait de me soulager à la poulaine me faisait songer à la mort.

N'ayant que quinze ans à cette époque, je pouvais difficilement livrer combat au corps à corps avec un soldat aguerri. Même si les cours d'escrime baillés par Urbain révélaient déjà chez moi ce que mon compagnon appelait le « sentiment du fer » — un talent certain pour le maniement de l'épée —, il m'estimait trop novice pour affronter un soldat endurci et cuirassé ; ma musculature, en outre, avait besoin de se développer davantage. Aussi, puisque je m'étais trouvé quelque habileté à manier les armes de jet des Naturels, je m'évertuai, en dépit du risque de toucher un compagnon, à user d'un arc. Pendant cette terrible bataille de Virgen-Santa-del-Mundo-Nuevo, je peux me vanter d'avoir, à moi seul, couché sept soldats et un mâtin.

— Hé, hé, moussaillon. Ce n'est point de la belle mêlée, ça, hé, hé?

Santiago, qui s'était approché de moi sans que je m'en rendisse compte, essuyait la lame de son sabre contre le pourpoint d'un Espagnol qu'il venait d'estocader. Je n'étais point certain qu'il me regardait, ses yeux louchant plus qu'à l'ordinaire, ce qui, songeai-je, devait grandement nuire à un adversaire qui, lors d'un affrontement, cherchait à prévoir ses bottes en scrutant son regard.

— Hé, hé! Massacrer de ces Castillans qui m'ont tenu enfermé toutes ces années en Espagne puis aux Indes. N'est-ce point là une belle journée? Hé, hé!

— Défie-toi!

Je n'eus point le temps d'armer mon arc pour prévenir un soldat qui arrivait en trombe, sa pique pointée à la hauteur de la poitrine de Santiago. Ce dernier, d'une réaction vive,

sans apercevoir son adversaire, ne se fiant
qu'à l'angle de mon regard, plaça son sabre
de manière à dévier la trajectoire de la pique.
La pointe de l'arme d'hast l'écorcha un brin
à l'épaule, fendant la chair et tirant le sang,
mais sans affecter son muscle à l'excès, se
limitant surtout à déchirer la vilaine toile de
sa chemise. Emporté par son élan, le piquier
se heurta au pirate et, avant d'avoir pu
reprendre son équilibre, se trouva repoussé
par une poigne puissante au niveau du col.
Plus embarrassé que fortifié par sa pique,
le soldat l'abandonna sur-le-champ à la
recherche de la dague à sa ceinture. Il n'eut
point le loisir de s'en saisir avant que Santiago
ne lui ouvrît, d'un rapide coup d'estoc, un
œillet à la hauteur du cœur.

— Hé, hé! Je t'en dois une, moussaillon.
Hé, hé! ricassait-il, le nez sur sa blessure,
paraissant davantage contrarié pour sa chemise que par sa plaie.

Et avant que j'aie pu rétorquer, mon
compagnon replongeait dans la mêlée, chair
et sang fusant dans les mauresques improvi-
sées de son sabre.

La bataille dura longtemps. Me faudrait-
il compter le temps en minutes? en heures?
Je ne saurais. Dans le feu des combats, excité

— enivré, devrais-je écrire — par les odeurs
et le théâtre des mourants, par la contempla-
tion des plaies ouvertes et des cadavres qui
s'accumulent, stimulé par les cris d'exhorta-
tion et les hurlements de douleur, animé d'un
amalgame cent fois brassé de haine et de
peur, on perd le fil. Du temps et de soi. On
n'existe plus dans la réalité, mais à l'intérieur
d'un rêve — ou d'un cauchemar — dans
lequel l'écoulement des ampoulettes paraît
tronqué, voire gauchi.

Un cri de victoire en français éclata pour
la première fois tandis que le ciel s'était vio-
lacé. J'étais alors penché sur le corps d'un
homme et je récupérais la flèche avec laquelle
je venais de le coucher. Je me redressai,
soupirant de soulagement, prêt à mon tour à
évacuer d'un grand cri ma satisfaction de voir
finir l'horreur, de m'en être sorti vivant, mais
je déchantai rapidement en apercevant quatre
Espagnols qui s'acharnaient sur un Kalinago
particulièrement combatif qui refusait de
s'effondrer en dépit d'un bras sectionné à
coups d'épée et de ses viscères tombant de
son ventre ouvert. Je tuai là mon septième
homme pour rater tous les suivants.

Un second cri de victoire, espagnol cette
fois, jaillit d'une masse confuse de combattants,

mais onques je ne sus s'il s'agissait du simple résultat d'un homme de la *bandera* venant à bout d'un adversaire coriace ou de l'erreur d'un bougre qui mésinterpréta une accalmie dans les affrontements.

Il faut dire que, à ce moment-là, les étoiles piquetaient le ciel depuis un certain temps et la scène n'était plus éclairée que par les flammes qui s'obstinaient sur les derniers bâtiments en bois. Il n'était plus possible pour moi d'user de mon arc et je me contentais de courir d'un compagnon à l'autre, détournant l'attention de son adversaire en l'importunant de mon mieux : sable dans les yeux ou pique avec la pointe d'une arme d'hast. J'assistai de la sorte plusieurs fois Main-de-Graisse et Grenouille qui m'en surent gré, jusqu'à ce que je notasse enfin que moins d'Espagnols combattaient que de pirates et de Kalinagos. Je me retirai donc, pantelant, dans un recoin sombre de l'escalier, quelques marches au-dessus de la mêlée, me contentant d'observer mes compagnons en train d'abattre les derniers ennemis.

— *Choutoüíba !* ordonna soudain le cacique François. Arrêtez ! Ne les tuez point tous. Gardez les officiers !

Quelques Kalinagos échangèrent des *machana* pour des *boutu*, se contentant ainsi d'assommer leurs victimes. Bien que quelques mouvements se devinassent encore dans les recoins plus sombres, là où s'étaient écroulés les restes calcinés d'un appentis ou d'un baraquement, les combats avaient presque entièrement cessé. Parfois, le son mat d'un casse-tête à l'œuvre ou le cri de douleur d'un vaincu se laissait encore ouïr, mais il n'y avait plus de ces grands hurlements de charge ni de tir d'armes à poudre.

La bataille de Virgen-Santa-del-Mundo-Nuevo était terminée.

Et gagnée.

Parmi nos gens, une dizaine de recrues et une bonne cinquantaine de Kalinagos avaient été tués ou vilainement estropiés. Oualie, par exemple, le respecté *ouboutou*, avait perdu beaucoup de sang. Il était à peine conscient quand Joseph se pencha sur lui.

— Il faut le panser sans délai, prévint notre chirurgien en déchirant la chemise d'un cadavre tout près pour en faire des bandages, mais point question de le déplacer sur de longues distances avant plusieurs jours.

Examinant plus attentivement le mollet déchiqueté, il précisa à l'égard du cacique François :

— Et s'il s'en remet, il ne pourra point courir avant un bon moment.

Ma peur de mourir se transformant peu à peu en inquiétude pour le sort de mes compagnons les plus chers, je me mis à scruter la pénombre dans l'espoir de les reconnaître : Urbain, d'abord, que je repérai immédiatement en compagnie de notre capitaine, le terrible Cape-Rouge qui, en dépit de ses airs de notaire, parcourait encore la place l'épée au poing, du sang jusqu'aux coudes, un reflet toujours enflammé dans le regard.

— Ce maudit fils-de-rien ! jurait-il entre ses dents. Mais où est ce diable de papiste que je lui fasse apprécier, à son tour, la destruction de son monde ?

La grande place n'était plus qu'un agrégat de chair, de têtes, de membres et de viscères confondus, une accumulation dénaturée d'êtres humains sans plus de formes, amalgamés dans la vase et les cendres avec une abondance telle qu'on ne pouvait s'y déplacer sans maculer ses bottes des pieds aux genoux.

— Si ça se trouve, tentait de tempérer Urbain, il a fui dans la forêt et s'avère déjà mangé et chié par ces serpents géants qu'on y rencontre.

— Ce serait là sort trop doux pour cette racaille, ronchonna Cape-Rouge. Fais-moi fouiller tous les recoins de la redoute, creusez sous tous les décombres… Qu'on me le trouve !

Je repérai ensuite Philibert et Robert, dans les bras l'un de l'autre, puis Vernois et Main-de-Graisse, qui épanchaient chacun le sang d'écorchures sur leurs bras et leur torse ; il y avait le Jésuite, Poing-de-Fer et Urael qui se congratulaient, Grenouille et Santiago qui faisaient les poches de cadavres espagnols…

— Capitaine ! Capitaine !

Cape-Rouge et Urbain se tournèrent vers N'A-Qu'Un-Œil qui émergeait d'un bâtiment en pierre épargné par les incendies. Avec lui, Mana, Baccámon, trois autres Kalinagos et deux recrues escortaient trois hommes amochés arborant des uniformes d'officier.

— Capitaine, répéta N'A-Qu'Un-Œil, son visage aux traits épuisés illuminé par un large sourire. Voyez qui nous avons trouvé là : un *teniente*, un *alférez* et un page. Il y avait aussi un sergent à l'intérieur, mais une dague au travers du cœur l'empêche de venir vous présenter ses hommages.

— Urbain, dit Cape-Rouge sans détourner les yeux des prisonniers, puisque tu entends le castillan, demande à ces fripouilles où se terre leur *capitán*.

— *¿Me reconoces?* demanda Urbain au lieutenant Joaquín Rato. Tu me reconnais ? Regarde-moi bien. Imagine-moi avec plus de cheveux, plus de barbe…

Il éclata de rire avant de poursuivre :

— … et plus de poux !

Le *teniente* l'observait en silence, les lèvres pincées, le regard fermé. Une blessure près de son sourcil gauche saignait encore ; éclairée par la lumière des feux, elle traçait une traînée pourprée qui ondulait sur sa pommette avant d'aller se perdre dans les poils de sa barbe. Ce fut l'*alférez* qui répondit :

— C'est l'un de ces prisonniers que nous avions promis au bûcher et qui se sont évadés.

— Je le reconnais, dit simplement Rato.

— En ce cas, petit officier de Sa Majesté l'empereur, ricana Urbain, sache que c'est à ton tour, maintenant, d'anticiper tes chairs léchées par les flammes. C'est toi qui crèveras sur la plateforme de paille.

— Il n'est point question de faire mourir ces hommes sur le bûcher, intervint le cacique François, qui venait de s'interposer.

— Tu… tu entends le castillan, cacique? s'étonna Urbain en français.

— François a un don étonnant pour les langues, déclara Cape-Rouge, la voix teintée d'aigreur et d'impatience. Alors, mon neveu, tant qu'à interrompre mon truchement, convaincs ce gentilhomme de nous apprendre où se tapit son courageux officier supérieur.

— *En la selva*, répondit Rato quand le cacique lui eut traduit la question.

— Tiens donc? répliqua Cape-Rouge, qui avait compris la réponse. Dans la forêt, vraiment? Qu'y est-il allé faire? Il commande maintenant lui-même les expéditions vers la cité d'or?

Avant que François ou Urbain traduise la question de Cape-Rouge, N'A-Qu'Un-Œil, toujours aussi souriant, s'empressa d'intervenir:

— À propos de cette cité d'or, capitaine, j'aimerais vous aviser que, dans le bâtiment, en plus d'y avoir saisi ces dignes seigneurs, nous y avons enfoncé une vilaine porte de

métal qui donne sur un appentis fort grand
et fort bien fermé.

— Et?

— En sus de tous les trésors qui ont été
dérobés sur Lilith et dans vos réserves personnelles, capitaine, nous y avons trouvé une
telle quantité d'or, d'argent et de pierreries
que c'est à se demander si nous sommes
assez nombreux et si nous aurons assez long
de vie pour tout dépenser.

15

Bien sûr, les évaluations pécuniaires de notre maître d'équipage étaient amplement exagérées par son enthousiasme, mais il était vrai que nous venions de mettre la main sur la plus grande quantité de richesses de notre vie, passée et à venir. De plus, dans les cales de la hourque, nous trouvâmes d'autres sources de fortune plus facilement monnayables que joyaux et pierreries, soit cuir, grumes de brésil, sucre, cochenille, poissons fumés et même plusieurs muids de malvoisie qui firent oublier à notre capitaine sa frustration de n'avoir pu se saisir du *capitán* Luis Melitón de Navascués.

Nous mîmes dix bonnes journées à panser nos blessés, à enterrer nos morts, à réparer les avaries du galion, à inventorier le trésor et à le transborder dans l'*Ouragan*. Les deux derniers jours, nous accélérâmes le rythme, car la puanteur des cadavres dans la redoute était devenue insupportable ; les Amériquains qui vivaient au pied des murs et près du quai désertèrent l'endroit bien avant, abandonnant là leurs maigres gîtes, n'emportant que le peu qui se pouvait transporter pour aller s'établir au diable vauvert. Yuisa était parmi eux.

En guise de récompense pour son aide, le brave Taíno n'avait demandé que du matériel de pêche, des couteaux à lame d'acier, des aiguilles, une hache, du câble.

— J'ai eu l'occasion de laver mon passé, avait-il dit, de redresser la mémoire des miens. Je suis un pêcheur libre, je veux le rester. C'est tout ce que je demande; je pars en paix.

Nous ne le revîmes point.

L'*ouboutou* Oualie, nourri de bonne viande de cheval cuite dans le brasier des écuries espagnoles, récupéra rapidement, mais point sans que Joseph dût lui scier la jambe à la hauteur du genou; la gangrène s'était attaquée à son mollet à demi dévoré. Son épaule, toutefois, récupéra tout à fait et le cacique François en éprouva un fort soulagement, car il avait craint de perdre ce capitaine tant apprécié.

Nous libérâmes trois prisonniers qui se trouvaient dans la cage que nous connûmes, Urbain et moi, des mois auparavant. Ils étaient promis à la potence pour divers crimes dont nous ne nous souciions guère. Nous affranchîmes aussi plus de deux cents esclaves de diverses nations de Naturels qui peuplaient la *Tierra Firme*, certains venant de villages voisins de celui où vivait Urael avant sa propre capture par les Espagnols. Celui-ci, d'ailleurs, disparut en forêt avec ses semblables pendant près d'une semaine pour revenir couvert de plumes, d'amulettes… et de ces meurtrissures dans le cou, sur le dos et les fesses, qui sont fort gênantes, car impossibles à masquer quand on se promène nu, et qui sont occasionnées par les sucements trop vigoureux d'une bouche de fille.

J'avais été appelé par notre capitaine à repeindre une dizaine de barreaux de la galerie de poupe, écorchés par une chaise oubliée et qui y avait été secouée par les mouvements du navire. Mais, depuis un moment, j'avais interrompu mon travail pour observer le ballet lointain de quelques baleines qui fleuretaient. Leur masse géante, trop lourde me semblait-il, s'extirpait des flots pour se suspendre un moment contre le ciel et revenait à la mer dans une explosion d'écume et d'eau.

À mes côtés, le capitaine Cape-Rouge, blasé de la scène, la considérait sans la voir, s'intéressant plutôt à la proposition que lui soumettait le cacique François. En leur compagnie, Urbain et Mana participaient à la discussion. Puisque la langue dont ils usaient était l'arawak, ils ne jugèrent point nécessaire de me renvoyer avec le reste de l'équipage. Ce n'est qu'une fois de retour sur l'île de la Licorne qu'Urbain me traduisit les grandes lignes.

L'*Ouragan* voguait par vent arrière, aussi ne sentions-nous point la brise ; lorsque, par les caprices du tangage, saillait le soleil à l'angle de la bouteille de tribord, nous cuisions ainsi que carpes en poêle. Le capitaine, en manches de chemise, sans sa mante, affichait une sueur abondante aux aisselles et entre les omoplates.

Par bâbord, des embruns glissaient sur le flanc du galion, rafraîchissant nos peaux tannées de soleil, mais gâchant souvent l'application que je venais de faire, me portant à m'interroger, dents serrées, sur la pertinence d'insister pour que j'exécutasse maintenant un travail qui pouvait attendre que nous mouillions à destination. Ce fut bien plus tard que je compris que Cape-Rouge aimait s'entourer de ceux qu'il estimait entre tous et usait parfois de prétextes cornus pour les garder près de soi.

— J'ai peut-être une proposition qui saurait t'intéresser, oncle Armand, dit le cacique en repoussant à deux mains ses longs cheveux derrière son dos.

Il était nu comme à son habitude, un simple carré de gossapin pour masquer ses parties intimes, la peau encore fardée de ses peintures de guerre. Hormis un coutelas à la ceinture, il ne portait plus ses armes.

— Dis toujours.

— Il y a une île près d'Acaera, ni trop grande ni trop petite, couverte de végétation, rafraîchie de nombreuses sources d'eau claire, où se plairaient sûrement cochons et chèvres, sans compter les nombreuses espèces locales qui y cohabitent et qui sont, elles aussi, fort bonnes à manger.

— Tu me proposes d'établir quartiers en cette île ?

— Tu t'y plairais, tes hommes aussi — du moins, le peu de marins qu'il te restera, car nombreux sont ceux, notamment parmi tes nouveaux, qui choisiront de se retirer de la piraterie après distribution de la fortune que vous avez acquise. La terre dont je te parle est aussi isolée que l'était ta Lilith, aussi inconnue, et tu aurais peu à parcourir pour venir réclamer secours à mes gens si, par quelque infortune, on te venait assiéger.

Le capitaine feignit de ne point remarquer Urbain qui avait tourné vers lui une expression ahurie, exprimant autant de satisfaction que d'inquiétude. Oui, il serait bon de retrouver un monde comme celui qui existait sur Lilith, non, il ne serait point prudent, fût-elle alliée — pour le moment —, de côtoyer de si près, de tomber sous l'emprise même, d'une peuplade cannibale, farouche, indomptée et indomptable, qui plus est, armée de bouches à feu.

— Qu'exigerais-tu en retour ? demanda Cape-Rouge qui n'avait cessé de fixer le cacique qui, lui, observait les baleines.

— Il nous est de plus en plus difficile de satisfaire à nos guerres, les îles voisines se dépeuplent, victimes de maladies étranges, tandis que nous ne maîtrisons point assez la mer pour tenter plus loin nos incursions. J'aimerais pouvoir profiter de l'*Ouragan* pour pousser plus avant nos raids contre les Taínos.

— Tu bouffonnes ?

Cette fois, François posa son regard profondément dans celui de notre capitaine. Ses traits, peut-être encore tirés par les combats et les travaux des derniers jours, lui donnaient dix ans de plus que son âge. Il rétorqua :

— J'ai besoin d'asseoir mon caciquat de manière plus solide, oncle Armand. On murmure dans l'île. Des esprits jaloux, mesquins, sèment des fièvres de rébellion. Il me faut une force que moi seul serais en mesure de fournir pour étouffer toute ambition de s'en prendre à mon autorité.

— Enfin, tu es le roi !

— Ce n'est point comme pour vous, dans le vieux monde. Ici, un prince doit continuellement faire valoir ses mérites sous peine de se voir destituer par un meilleur — ou supposé meilleur — que lui. Détail supplémentaire au profit de mes ennemis : la moitié de mon sang est blanc.

Les deux hommes observèrent une pause, leurs yeux parcourant les traits de l'autre, s'épiant mutuellement, s'évertuant à deviner ce qui ne s'avouait point plutôt que ce qui s'épanchait. Après avoir passé la langue sur ses lèvres, notre capitaine répliqua enfin :

— J'y réfléchirai.

— C'est légitime.

Le cacique plaça une main sur l'épaule de Cape-Rouge et, pour une fois, le geste ne parut point obligé. On sentait dans son attitude, dans cette façon de plisser à demi les paupières, dans ce souris retenu à la commissure des lèvres, l'affection qu'il éprouvait pour le pirate.

— On en reparlera après les cérémonies qui glorifieront notre victoire, dit-il. Tes hommes y participeront. Nous ferons un grand *caouynage* en l'honneur de Chemíjn et de Mápoya.

— Et les prisonniers espagnols? Ce *teniente* Rato, l'*alférez* et les trois ou quatre autres gradés que de Navascués avait laissés pour garder son trésor? Il faudrait bien les torturer un peu pour connaître l'emplacement de la cité d'or.

— Ce ne sera point utile, capitaine, intervint Urael. Les esclaves m'ont confirmé que cette antique ville ne recelait plus aucune des richesses convoitées.

Il se mit à rire en précisant:

— C'est d'ailleurs pourquoi le chef espagnol lui-même a mené la dernière expédition: pour s'en convaincre.

— C'était une chimère?

— Les anciens peuples qui ont construit puis abandonné cette ville, il y a plusieurs générations, ont utilisé l'or, beaucoup même, mais ce n'était point dans le but d'en faire une agglomération de ce métal uniquement. Ils en ont fait un parement aux bâtiments les plus importants — palais et temples —, pour le reste, c'était une cité de pierre conventionnelle.

— Ces sociétés disparues voulaient leurrer d'autres peuplades?

— Il y a si longtemps que nul ne peut être certain de leurs intentions véritables. Cependant, nous ne le croyons point; il s'agit plutôt d'un souci purement esthétique ou d'un hommage au dieu-soleil... Après la découverte des premiers bâtiments les plus riches, le fantasme d'une cité entièrement bâtie d'or et d'argent s'est enflé de lui-même dans l'esprit malade des Espagnols.

Cape-Rouge calqua son expression sur la mine de mépris d'Urael. Il se tourna vers le cacique.

— En ce cas, les prisonniers, souhaites-tu profiter du *caouynage* pour les sacrifier à tes dieux?

Le roi des Kalinagos fixa notre capitaine un moment avant de répondre:

— Point lors du *caouynage*, plus tard. Et nous ferons mieux que simplement les sacrifier.

Il ne put s'empêcher d'afficher un rictus où se devinaient l'amusement, une forte part de défi mêlé de fierté, un zeste d'outrage sûrement, quand il précisa :

— Nous les mangerons.

Le *capitán* Luis Melitón de Navascués soupçonna ce qui s'était passé deux jours avant d'arriver. Sur la piste qui contournait la falaise dominant Virgen-Santa-del-Mundo-Nuevo, la troupe qu'il lui restait, trois arque-busiers et une douzaine d'esclaves, avait retrouvé le cadavre d'un soldat qui, blessé, avait tenté de fuir par la forêt. Pour une raison inconnue — le délire, peut-être la peur —, au lieu d'attendre dissimulé à l'orée des berges, il s'était enfoncé vers l'intérieur, mourant au bout de son sang. Ensuite, ce qui fit pressentir le pire au *capitán* fut l'odeur de cendres qu'un fort vent du large mêlait aux parfums de la mer et transportait par-dessus la frondaison. Quand l'Espagnol aborda enfin les murs à demi écroulés de la redoute, la porte abattue, les bâtiments de bois réduits à néant et les restes putréfiés de ses hommes, au lieu de hurler de surprise, de courir en jurant, de se prendre les cheveux, de battre qui se trouvait sur son chemin, il s'effondra à genoux, silencieux, les larmes jaillissant de ses yeux ainsi que des puits trop profonds se videraient enfin.

Comme à l'accoutumée, ses pensées allèrent vers Dieu, vers Son injustice et Son acharnement, vers ce qui semblait être un jeu qui L'amusait : éprouver la personne du *capitán*. Le Créateur pouvait-Il sincèrement Se plaire de la déconfiture d'un homme pieux qui n'envisageait pour l'avenir qu'une richesse honnête, briguée pour nulle autre intention qu'un mariage sain et catholique, avec une jeune femme qui mettrait au monde de nombreux autres bons chrétiens ? Dieu pouvait-Il sincèrement balayer une si noble et sainte ambition dans le maigre dessein de Se plaire à un jeu canaille ?

Ses hommes et ses esclaves dispersés, effondrés ou enfuis en emportant le peu qu'ils avaient ramené de la cité d'or — il s'en moquait —, Luis Melitón de Navascués se traîna à genoux dans la bourbe sanguifiée où s'entremêlaient au cuir et au fer les restes décomposés de ce qui avait été sa garnison. La puanteur de la mort s'était estompée, mais les déjections des charognards qui s'étaient repus des cadavres se sentaient au milieu du ranci des décombres. Ainsi que le *capitán* s'y attendait, il trouva vide la chambre forte dans laquelle il avait fait entreposer son trésor. N'y subsistaient que des objets sans valeur — ou considérés comme tels par les pillards : une table en chêne, un peu de tissu damassé, un tapis attaqué par les mites, une Bible...

Le mécréant qui avait pris plus encore que son trésor et sa vie, plutôt ses ambitions et ses rêves, avait trouvé moyen de le narguer davantage en laissant son seing bien en vue : sur un mur, accrochée par deux clous fixés aux épaules, pendait la mante écarlate du capitaine Cape-Rouge !

Ce soir-là, seul dans la redoute, de Navascués mangea frugalement. Recroquevillé dans un angle de la pièce qui fut autrefois ses quartiers, éclairé par la flamme pâlotte d'un reste de chandelle de suif, à la recherche du sommeil, il feuilleta la Bible. Par hasard, dans l'Ancien Testament, il tomba sur l'histoire de Job, puis sur le sacrifice demandé à Abraham ; ensuite, il parcourut une partie du Nouveau Testament, la Passion du Christ, notamment.

Et le *capitán* comprit.

Dieu n'éprouvait que ceux qu'Il aimait profondément. N'avait-Il point été jusqu'à sacrifier Son propre Fils, Celui qui était plus que Sa chair, Son Moi incarné! Pour Dieu, souffrances et dénuement conjoignaient bénédiction et amour dans un absolu qui prenait son sens ailleurs qu'en ce monde.

Les épreuves du *capitán* Luis Melitón de Navascués venaient du fait que Dieu l'aimait trop.

Cette pensée le réconforta au point qu'il retrouva les mots pour prier. Dès après, il s'endormit d'un sommeil serein, sans rêves.

ÉPILOGUE

Début du XVIIe siècle,
quelque part en Bretagne

Lionel passe l'indice gauche sur ses paupières fatiguées tandis que, de la main dextre, il remet la plume dans l'encrier. Devant lui s'empilent des pages et des pages de vélin couvertes d'une écriture serrée, marquée d'un minimum de fioritures. La chandelle atteint la base du bougeoir, brûlant les ultimes gouttes de son blanc de baleine, un luxe comparé à la bougie de suif, mais non point au vu de la cire d'abeille utilisée par le clergé.

Le vieil homme se lève avec lenteur, ressentant la souffrance dans chaque degré gagné en se redressant. La moindre articulation, la moindre courbe de son dos réclament leur part de douleur pour combattre l'ankylose de sa longue position d'écriture. Une fois debout, les doigts sur la table de bois en guise d'appui, le regard tourné vers l'étroite fenêtre qui donne sur la nuit, il renifle avec mélancolie.

«Comme tout ça est loin», songe-t-il.

Loin en distance, loin en temps.

«Alors, à quoi bon? À quoi bon me donner cette peine? Dilapider les mois, les semaines peut-être, qui me restent de vie, pour narrer ces événements? Au bénéfice de qui?»

Il sait les réponses à chacune de ses interrogations, mais à les énoncer, elles lui apparaissent plus nettes: écrire pour prolonger la mémoire au-delà de la mort dont il respire l'haleine ci-devant; au bénéfice des générations qui suivent. Voilà. Écrire pour continuer à se sentir vivant, non plus être ce cadavre qui n'en finit point de mourir.

Il baisse de nouveau les yeux sur la liasse de papier. Sa barbe masque un rictus d'amertume quand il s'interroge à mi-voix:

— Combien de temps faudra-t-il attendre? Combien d'années couleront avant qu'on lise ces lignes, qu'on découvre et apprenne ce qui s'est réellement passé? Combien de décennies, de siècles peut-être, avant qu'un savant quelque part, un érudit, un lettré à tout le moins, se penche sur ces documents et en saisisse le sens, revive par ma prose modeste, par mes dispositions dévouées, les moments que nous vécûmes, mes compagnons et moi, avec nos joies, nos afflictions, nos espoirs et nos déceptions?

Il s'approche de la fenêtre dont le châssis, vissé sur des charnières contre le chambranle du haut et retenu en bas par un petit bout de bois, laisse filtrer l'air nocturne. Dans le halo jaunasse d'une lampe sur la courtine au loin, il retrouve des fantômes depuis longtemps enfuis, pirates, Espagnols et cannibales confondus. Des têtes floues aux traits oubliés, hormis un sourire là, une moue ici... Lionel ressent un pincement à la poitrine quand, *ex abrupto*, apparaît l'ovale délicat du visage d'Anahi.

Anahi. L'amour et le drame de sa vie. Le pivot d'une tragédie qui n'aurait point eu lieu d'être, mais qui n'en détruisit pas moins, sinon un monde, à coup sûr un peuple.

Anahi.

Mais il s'agit là, à elle seule, d'une bien longue et bien triste histoire.

Il la racontera en temps voulu.

GLOSSAIRE

Apostème: Abcès.

Ara: Gros perroquet coloré d'Amérique du Sud.

Bagasse: Femme de mauvaise vie, prostituée.

Basses: Haut-fond, niveau de l'eau trop bas et dangereux pour la navigation.

Bésicles: Lunettes.

Bouzin: Lieu de rencontre des brigands et des mendiants, par extension et par la suite, fait de boire à l'excès, de s'enivrer, débit de boissons. Lieu mal famé.

Brune: Brunante, crépuscule.

Bure: Étoffe grossière de laine brune, lourde et rêche.

Bussard: Fût à vin.

Cabo: Caporal.

Canáli: Mot d'origine arawak devenu «canari» qui désigne un bol en terre cuite dans lequel les autochtones conservaient la bière locale.

Canobe: Mot d'origine arawak qui a donné le mot français «canoë».

Caouynage (ou cahouinage): Cérémonie amérin-
dienne où l'alcool est consommé en grande
quantité.

Chien de mer: Requin.

Déborder (se): En ancien français, le verbe
«déborder» se conjuguait souvent à la forme
pronominale.

Empanner: Mettre en panne, arrêter le navire.

Encomendero: Propriétaire d'un lot donné par la
couronne d'Espagne dans les Indes occidentales. Les autochtones vivant sur la parcelle de
terre étaient forcés de travailler pour le propriétaire. Cette forme d'esclavage ressemblant
aux seigneuries du Moyen Âge s'appelait
encomienda.

Gossapin: Coton grossier.

Haquenée: Petit cheval ou jument facile à
monter.

Incontinent: Aussitôt.

Javeler: Devenir jaune.

Ligne: Ancienne mesure française valant 1/12 de
pouce. La ligne est aussi le nom donné
à l'équateur, le méridien zéro. Passer de
l'hémisphère nord à l'hémisphère sud et vice-
versa se disait: «Passer la ligne.»

Maltôtier: Agent chargé du recouvrement des
taxes, de l'impôt.

Nager: Ramer.

Nouvelle-Espagne: Les colonies espagnoles étaient divisées en vice-royautés dont les deux principales étaient la Nouvelle-Espagne (Mexique, Antilles, Venezuela et plusieurs territoires des États-Unis actuels) et la Nouvelle-Castille (Amérique centrale, Amérique du Sud, sauf le Venezuela).

Onques: Jamais.

Ouicou: Bière ou vin fabriqué par les autochtones.

Patache: Au XVIe siècle, la patache était un navire à rames. Aux siècles suivants, le nom désignait un petit vaisseau de guerre qui accompagnait les plus gros navires.

Phelibot: Navire à grande capacité de charge pour le transport de marchandises.

Pilote: Celui qui dirige un navire.

Question: Torture.

Sarigue: Opossum. Nom donné aux mammifères marsupiaux américains de la famille des didelphidés.

Sombreuseté: Sombreur, obscurcissement (du temps).

Souris: Sourire.

Tordesillas: Le traité de Tordesillas a été rédigé en 1494 par le pape Alexandre VI pour partager le Nouveau Monde entre les deux puissances coloniales, l'Espagne et le Portugal. La ligne de partage, du nord au sud, séparait toutes les terres nouvellement découvertes, l'ouest à l'Espagne, l'est au Portugal. Avec les années, la ligne varia de nombreuses fois, jusqu'à plus de dix degrés de longitude, parfois à l'avantage de l'un, parfois à celui de l'autre. Il va sans dire que les autres puissances européennes, notamment la France et l'Angleterre, ne voulurent jamais reconnaître le traité.

Urari : Mot d'origine caraïbe qui a donné « curare ». Il s'agit d'un poison végétal.

Vaisseau : Ancien terme pour désigner un récipient.

Zéphyr : Vent d'ouest.

TABLE DES MATIÈRES

PIRATES - III
L'Emprise des cannibales

PIRATES - IV
Les Armes du vice-roi
(à paraître)